敬平凡

潘丽文 著

天津出版传媒集团
百花文艺出版社

图书在版编目（CIP）数据

敬平凡 / 潘丽文著 . -- 天津 : 百花文艺出版社，2025. 5. -- ISBN 978-7-5306-9095-6

Ⅰ . I267

中国国家版本馆 CIP 数据核字第 2025S0R864 号

敬平凡
JING PINGFAN

潘丽文　著

出 版 人：薛印胜
责任编辑：王　欣　　**装帧设计：**行迩文化
出版发行：百花文艺出版社
地址：天津市和平区西康路 35 号　**邮编：**300051
电话传真：+86-22-23332651（发行部）
+86-22-23332656（总编室）
+86-22-23332478（邮购部）
网址：http://www.baihuawenyi.com
印刷：武汉鑫佳捷印务有限公司
开本：880 毫米 ×1230 毫米　1/32
字数：130 千字
印张：7.375
版次：2025 年 5 月第 1 版
印次：2025 年 5 月第 1 次印刷
定价：68 .00 元

如有印装质量问题，请与武汉鑫佳捷印务有限公司联系调换
地址：武汉市黄陂区横店街临空北路江恒科技园 2 栋
电话：（027）87531185
邮编：430301

自 序

为什么要写这么一本书？

这个时代的目光总是倾注在那些被聚光灯追逐的成功人士和璀璨人物身上。也许我们热衷讨论明星的生活和企业家的传奇，却很少低头去看那些生活在社会基层的人们。那些默默无闻的身影，他们没有耀眼的光环，却以自己的方式支撑着这个世界的运转。他们的故事鲜有人书写，他们的生活常被忽略。但在我看来，正是他们的存在，才成就了这个社会的根基。

我希望通过这本书，让更多人看见他们，看见他们的生活。那些穿梭在城市街头的外卖小哥和搬运工，那些在小餐馆忙碌地接待客人的店员，那些清晨弯腰扫净街道的环卫工人，那些在田间地头挥汗如雨的农民，甚至隐于深山日复一日劳作的村民。或许他们的日子平凡，却藏着真实的温度；或许他们的经历普通，却满是值得倾听的故事；或许他们的坚持默默无闻，却闪耀着属于他们的光辉。

社会的繁荣从来不是靠少数精英书写，而是由无数普通人共同撑起。他们是我们身边的“凡人”，却往往有着不凡的坚守。每一个故事都是一段平凡生活中不平凡的章节。我希望看到这本书的人警醒，即使你锦衣玉食，也不要忘记这世间百态；即使你荣华富贵，也依然要对社会怀有一颗同理心。愿居庙堂者不忘江湖之远，得志者不忘艰辛之路。这不仅仅是一种善意，更是一种责任。

历史告诉我们，任何一个时代的兴衰、任何一场伟大的变革，最终都离不开那无数普通人的付出。秦砖汉瓦是由最普通工匠一块一块垒起，唐诗宋词也离不开那些背后默默传抄的书生，即便在今天，那些流汗奔忙的基层劳动者，那些坚守岗位的平凡身影，依然是我们这个社会最坚实的支柱。

从社会结构的角度来看，平凡者并不是一个抽象的群体。他们是社会运行的血液、基础，也是连接整个社会的纽带。正如鲁迅所言："无穷的远方，无数的人们，都和我有关。"普通人的存在是维系整个社会肌理的关键。忽视了平凡，我们就会失去对社会本质的认知；轻视了平凡，我们便会迷失在人类自我膨胀的虚妄中。

可惜的是，在今天这样一个追逐成功与速度的时代，平凡往往被漠视甚至被轻视。我们习惯了仰望，却忘记低头；我们熟悉了掌声，却忽略了沉默的力量。但我相信，每一个享受繁华的人都应该停下来，看看脚下那些为社会默默付出的人。

今天，我们谈伟大复兴，谈民族崛起，谈现代化强国的蓝图，这一切的实现靠的是什么？靠的是无数平凡人日复一日的坚持与奋斗。是那些守护边疆的战士、埋头研发的工程师、耕种土地的农民、保障清洁的环卫工人……他们中每一个人都普通得像一粒微尘，但每一粒微尘都在努力发光。

中国从积贫积弱中崛起，从苦难中走向复兴。历史不会忘记那些伟大的领袖和英雄，更不该忘记无数普通人平凡而伟大的贡献。修铁路、架桥梁、开矿山、种稻田，这些被忽略的手印和脚印是中华民族伟大复兴大厦最坚实的基石。正如毛泽东所说："人民，只有人民，才是创造世界历史的动力。"无数平凡人以他们的坚守和奋斗书写了时代的壮丽篇章。

写这本书，我只是想记录一些平凡的故事，致敬平凡。在过去的几年里，我采访过很多人，写了许多普通人的故事，这些人有的活跃在城市的街头巷尾，有的生活在乡村的田间地头。每一位普通人的故事都充满了温暖和力量。每当听到他们的经历，我总觉得那些不为人知的"努力生活"是这个世界最真实的力量。

深夜写序，我想用一句话结尾：是平凡成就了不平凡的时代。

2024 年 12 月 31 日　凌晨于南昌

目录

敬平凡 〉〉〉

工地上的 18 岁

18 岁的夏天应该是青春火热的，但对于刚子来说，18 岁的夏天只有“热”。

刚子在工地上工作，干的是那些最普通却又最辛苦的活，例如，给墙抹腻子、搅拌砂石水泥、搬运砖块。工地的生活并不容易，满是灰尘和汗水，但他已经习惯了。从一开始的生疏到现在的熟练，他用几个月时间让自己变成了这个工地的一部分。他笑起来憨憨的，像个大男孩，话语总是从“就是”开始，仿佛生怕别人否定他。“就是，我这工作也没啥难的，干就完了，月薪 1 万多元，不算少吧。”每当他这样笑着说，眼里总有一种成熟的凝重，仿佛这一切的背后有着难以言说的责任。

他身材壮实，皮肤黝黑，像用石块雕刻出来的雕像，肌肉结实得让人不敢小觑。但这一硬朗的外表下藏着一颗疲惫的心。他才 18 岁，但在我眼里，他比同龄人要老成得多。刚子并不喜欢谈及自己的过去，尤其他的家人，尤其他的爷爷。

（一）

刚子出生在安仁县新安村。父母早亡，在他 1 岁时，母亲因乳腺癌去世；在他 6 岁时，父亲也因肝癌去世。父亲去世后，家里一度陷入了沉寂与贫困，他跟着姑姑姑父生活。也许是生活给了他太多磨砺，刚子早早地成熟了。每当别人问起他过往的悲伤，他总是笑着摇头，说："没啥，就是命嘛。"他是那种一口气说完，眼睛却能看得很远的人。

初中结束后，刚子便主动提出要出去打工。他知道自己家里根本没有钱送他上高中，那些课本和笔记本的世界离他太遥远。刚子没有怨言，笑得憨憨的，仿佛一切的不幸都不是他该去抱怨的。于是，他开始在安仁县城的一家修车店做学徒，每个月工资 800 元。那段日子，他不太懂什么是工资低，什么是尊严，只知道尽自己最大努力学着手艺，却依然感到每个月的生活都捉襟见肘。修车店的老板是一个中年男人，经常对他大声喊叫，而刚子却总是点点头，憨憨一笑：

“就是，也没啥。”半年后，刚子觉得 800 元实在太少，心里有些委屈，可他没有反抗，只是默默辞掉了这份工作。

接下来的半年，他在肯德基做服务员。那时，他穿着红色制服站在柜台前，他说那时候总是害羞，顾客点餐时，他总是低着头小声答应：“好的，好的。”然而，肯德基的工资依旧低，生活依旧艰难。于是，他又一次离开了。后来，他听说在工地干活一天能拿 300 块，最终他选择来这个工地工作，工地承建的是一座新的写字楼，刚子在这里一身灰一身汗地忙碌着，刚开始的几个月，他是那么不习惯，总是因为太累而忍不住想休息，然而随着日子一天天过去，他渐渐习惯了这种没有思考的日复一日。给墙抹腻子，搅拌砂石水泥，搬运砖块，每一项工作都能让他感到有一种无力的平静。刚子说：“做这个就是不想太多，埋头干就好，活得实在，一个月能拿到 1 万多元，我觉得挺满足。”

（二）

当我问起刚子为什么愿意做那些大多数同龄人避之不及的工作时，他总是憨憨地笑着，像是害怕别人看出他的内心挣扎一样，低声说：“就是因为需要钱。”他说得如此简洁，而这话却像一根刺，深深地扎在我的心里。那一刻，我没有再问下去，因为我知道，刚子眼中的苦涩与沉重并不需要过多的言语去表达。年轻的他已背负了比许多人更沉重的责任与痛苦。那一刻，他不仅仅是一个 18 岁的男孩，更是一个肩负家庭责任的男子汉。

刚子的眼睛里没有太多光彩，甚至有些浑浊，忙碌劳累已经让他的眼神失去了少年的清澈。他告诉我，最让他心痛的是爷爷的病。三年前，爷爷因为脑出血，突然跌入了病魔的深渊，导致半身不遂，生活完全无法自理。虽然病情不至于致命，但病情拖得越来越久，爷爷的身体渐渐衰弱，曾经那张饱经风霜、充满慈爱目光的面庞已经变得憔悴且苍白。

刚子默默地承受着这一切，他说："就是我没了爸妈，就只剩下爷爷了。"他的声音低沉，仿佛在对自己说，也仿佛在对这个世界说。对他来说，爷爷是他唯一的亲人，是他此生最为珍贵的依靠，也是他生存下去的意义所在。而那病痛像一道深深的裂痕，不仅割裂了爷爷的身体，也割裂了他对未来的所有幻想与期望。

"就是，去湘雅医院看过好多次了，医生说了没啥希望，可我心里就是不服气。"他轻声说着，眼中却透露出一股执拗与决心。他的这句话说得那么轻描淡写，但那一瞬间，我看见了他眼底闪烁的光芒。那不仅仅是一个不愿放弃的年轻人眼中的一丝执念，更是一种对生命的坚守，是他不允许自己亲人就此放弃的决心。

每当他说这些话时，脸上总会带着一丝憨笑，像是想要用这种笑容来给自己和别人一点安慰，仿佛在告诉自己，纵然现实如此残酷，但他依旧可以用笑容来对抗内心的无力和疲惫。虽然这笑容明明带着几分苦涩，却比任何言辞都更能触动人心。那一瞬间，我看见了一个曾经充满希望的少年逐渐被生活的磨砺压弯了脊背，但即使如此，他依旧没有放弃对未来的那一份信念。

对刚子来说，爷爷就是他的全部。他从来不求别人理解他的辛苦，也不需要任何人的同情。他不善于表达自己的情感，甚至连“累”这个字都不愿挂在嘴边，因为在他的世界里，责任就是一切，他没有任何借口，也没有其他选择。对于他来说，只有前行，只有拼命工作才是他能够为爷爷争取一线希望的唯一途径。

（三）

刚子的住宿环境与他所在的社会阶层和生活状态息息相关，简陋、朴素，充满了隐隐的压抑感。城郊的一间廉租房，60 平方米的小三间，三个人住，分摊下来，每个月每人不过 200 元。对于刚子来说，这个地方无疑是一个经济实惠的栖身之所。据他描述，房间的地板并不平整，有的地方甚至出现了裂缝和凹陷，仿佛可以感受到房屋经历的岁月痕迹。简陋的窗户外面是嘈杂的工地景象，尘土飞扬的空气常常让人感到沉闷，尤其那扇并不起眼的窗子，几乎没有任何隔音效果，外面的建筑声和车辆轰鸣声常常打破这个小小空间的宁静。即便夜幕降临，外面的嘈杂声依然没有减弱，仿佛整个世界都在向这个简陋的住所施加压力。

虽然这个地方为人们提供了休息的空间，但它的冷清与单调很难让人把它当作“家”来温暖自己。刚子和工友们合租，虽然平时大家大多各自忙碌，但晚上躺在床上时，偶尔还是能听见彼此的打鼾声或翻身的动作。相互之间没有什么深厚的感情纽带，但有着共同的生活目标和无言的默契。

这种居住环境极其简单且充满局限。对于年轻的刚子来说，这一切似乎不算什么，他已经习惯了没有暖气的寒冬，已经习惯了没有空调的酷暑。只是这样的生活实在不该是年轻人所应有的，至少年轻人应当拥有对未来更大的希望，拥有一些属于自己的自由和享乐。而像刚子这样的工人，住在这种地方，生活的重心并不在于休闲或享受，而是为了生存和责任。刚子的心里清楚，这种环境是他现在的处境所必须承受的，想要改变这一切，唯一的办法就更加努力工作，赚更多的钱，最终实现拥有自己房子的梦想。

我曾问他，房间里有书吗，他顿了顿，然后说，有一本，但是没怎么看。他摸了摸脑袋，露出一个憨憨的笑容，说自己脑袋笨，读书时也看不进去书。尽管这样，他并不对书籍感到陌生。他知道，书是好东西，能改变人的命运，能拓宽视野。他不否定知识与文化，哪怕在这个看似远离知识与文化的环境里。那本书是他曾经的女同学送给他的，虽然他没怎么翻阅，但对于他来说那本书，不仅代表了他未曾实现的梦想，也代表了他内心深处对美好生活的期待。

“就是，书能让人变得不一样。”他说得有些腼腆，但我能听出那份藏在言语背后的坚定。

而当提起曾经去长沙看病住过酒店时，他的语气也带了一些轻微的感慨。“住酒店那次挺奢侈的，那时候觉得自己像个有钱人。”他说这话时没有太多的骄傲与自夸，反而有一种简单的回味。对于他来说，酒店不再是奢华的代名词，而是一种短暂的放纵，代表着曾经的自己在艰苦生活中的一丝慰藉。

“以后有钱了，我也想买一座像样的房子。”刚子的眼神中一闪而过的期待与希望让我感觉到那一刻他不仅仅是在谈论一座房子，而是在谈论他未来的生活—— 一种有温暖、有家、没有尘土和焦虑的生活。他希望能够拥有一个属于自己的空间，至少能够在一天的劳作后，静静地回到一个可以称之为家的地方。

其实每个人都需要一个完全属于自己的空间，不仅是刚子，包括你我。

（四）

每天中午，刚子都和工友们一样，吃一份 10 元的快餐。那是一个叫阿芬的女人做的，她是一个工友的老婆。阿芬是一个精明能干的女人，做的菜总是用料足、口味好，吃上一口，胃里暖乎乎的，仿佛能瞬间消除一上午的疲惫。菜里常见的有红烧肉、辣椒炒土豆、小青菜、荷包蛋，还有几段小葱和萝卜干点缀，虽然是简单的家常菜，但工友们都吃得津津有味，偶尔还会拿出一点自家腌的咸菜，互相夹着吃。

每当中午休息时，工友们总是会在路边的小石头上或者工地角落的空地上蹲下，拿着饭盒，低头吃饭。夏天，阳光灼热，空气里弥漫着灰尘和泥土的味道，工友们时不时抹一把汗，声音沙哑地聊着天。冬天，寒风刺骨，大家便会聚集在一起，紧紧靠着，试图互相取暖。

工友们一般是三四十岁的男人，虽然年龄不大，但每个人的面容上都写满了辛劳的痕迹。老李，40 多岁，满脸胡碴，双手粗糙，看着有些老成。他常常拿起筷子，慢条斯理地翻动着饭盒里的菜："不知道老板那人咋想的，明明知道咱们累得跟狗一样，工资还是这么死抠。"他说这话时，声音里带着一股愤懑，但又无可奈何。每当说到老板的剥削，其他工友也会一阵嘀咕，面无表情地附和。阿明，身材高大，40 岁左右，脸上总是带着一种半笑不笑的表情，他不太喜欢抱怨，但和大家一起说起这些事时，他常常放下筷子，叹一口气："这年头，干活多，挣的钱又少。你看我，年纪也大了，孩子上学的事还得操心。"

有时候，话题转向了孩子。每当这个时候，工友们的话语中总带着些许心疼和自责，他们总喜欢说都怪自己没文化，没能给孩子提供更好的教育。

一般而言，听到这些，刚子都是默默地低头吃着饭，偶尔抬眼看看这些比自己年长的工友。刚子不太善于和别人分享自己的烦恼，但认真听着。他也有自己的压力，但不像他们那样可以诉说出来。

工友们时常劝刚子改变一下现状，去学点技术，至少能够减轻身体的负担。有的建议他去学理发，认为理发是长期稳定的工作，不仅能减少对身体的伤害，还能赚得更多。"学理发至少有手艺，不怕找不到工作，自己开个店，也能有一份稳定的收入。"有的工友建议刚子去学驾驶，尤其大车驾驶，毕竟现在社会上货运行业需求大，做个司机不仅挣得多，而且工作相对不那么累。小李就是这么想的："你看看现在的司机，开车运货一天，挣得不少。而且你学了技术，做个司机，看看外面的世界，自己也能养得起家。"他认为开车不仅不费力，还能走得更远，甚至可以在更大的城市谋得一份工作。也有一些工友建议刚子去外面闯一闯，尤其北上广这些大城市，机会更多，挣钱也更容易。

每当这些建议纷至沓来时，刚子总是沉默不语，低下头继续吃着饭。虽然他明白工友们的心意，知道这些话语背后满是他们的好意，但他心中有着无法言说的苦楚。

（五）

刚子说自己不懂爱情，也不奢求什么浪漫。18 岁的年纪，许多人开始涌动着爱情的种子，开始为未来某个温暖的人而努力。但刚子不一样，他的眼神里没有那种期待，也没有那种对美好情感的渴望。他的世界似乎被生活的重担压得喘不过气来，爱情似乎成了他远远不能触及的奢侈品。

“就是，我也想有个女朋友啊，可现在我连自己都养不活，哪有时间去照顾别人。”他说话时，脸上带着憨笑，仿佛知道这个话题对他来说有多么遥远。笑意中带着点自嘲的意味，既像是为了掩饰内心的失落，又像是在对自己说，“这并不重要。”

那一瞬间刚子在展现出来的是一种深深的无奈。他没有能力去渴望，甚至没有能力去承受爱情。这不仅仅是生活的逼迫，更多的是内心对于责任的认知。对于他来说，爱情和浪漫在父母的早逝、爷爷的病床、工地的灰尘中变得不再重要。生活已经用力把他从少年带进了成人的世界，让他肩上的责任超越了对任何个人情感的期待。对于刚子来说，爱情的所有美好似乎只是他无法触及的远方，他注定要走的路上充满了重担和孤独。

“我喜欢过一个女孩，她学习好，考上了大学，我就觉得我配不上她。”他说这话时，声音低了下去，眼睛不自觉地瞥向一边，像是在回避某段伤感的回忆。他的语气平淡，但那其中的无奈和懊恼深深刺痛了我的心。“就是，觉得自己太差，连人家都配不上，怎么敢想什么感情。”他说话时的轻松和笑意与他话语中透露出来的失落形成了鲜明对比。那种轻松，仿佛他不在乎，却又无法掩饰心中的空落。

他的自卑并非源于外貌或性格，而是源于那种深深植根心底的认知：他认为连维持自己的生活都力不从心，怎么有资格去照顾别人、去给别人幸福？他那份为家庭奔波的决心让爱情与浪漫成为他眼中的奢望，他甚至没机会去思考这些美好的情感，或者说，生活让他没有资格去思考。

我看着刚子，他那一抹轻松的笑容背后藏着不为人知的疼痛。他的心里早已埋下了无数的苦涩与无力，他将这些感情收起，深深藏在那双并不深邃的眼睛里。18 岁本该是充满激情与希望的年纪，然而刚子却用沉重的生活把自己推向了成人的世界，哪里还有时间和精力去追逐那些浮躁的梦想和不切实际的爱情呢？

他没机会去体验青春的浪漫，只能在工作中一遍遍重复着同样的动作，寻找着能为生活带来一线希望的机会。他的心中藏着没有人理解的痛，也没有人关心的孤独。他的内心充满了挣扎与压抑，面对生活的种种，他选择了不再期待。

在刚子的笑容背后藏着一个年轻人对爱情的无望，而这份无望不仅仅来自他的家庭责任，也来自生活的重担。我从他对爱情的自嘲中感受到一种隐忍的痛楚，他似乎已经习惯了生活给他的冷酷，甚至不敢奢望能拥有属于自己的美好。而18岁本该是追求梦想、去拥有爱情的年纪，他却将自己的一切梦想压缩成了“生活”，把所有期待变得如此微不足道，只为一个能带着老去的爷爷去医院的机会。

（六）

刚子的一身腱子肉看起来非常健壮，仿佛那种被铁打出来的硬汉，肌肉线条清晰，双臂强壮，仿佛随时可以扛起千斤重物。但那只是表面。他的身体并不像外表看起来那样坚韧。事实上，他已经切除了甲状腺，虽然病情本身不至于危及生命，但那种隐约的病痛感像一块压在他胸口的石头，让他喘不过气来。

每次提到自己的身体时，他的语气总是平静的：“就是，身体不好嘛，得天天吃药，没啥的，习惯了。”他说这些话时依然带着那种憨憨的笑容，但笑容里有一丝难掩的疲倦，仿佛多年积压的沉重终于找到了一个出口。笑容依旧挂在脸上，可是眼中的那份冷静与无奈却让我意识到，这个 18 岁的少年早已不再是那个充满无限可能的天真孩子。

或许他的身体没有那么强壮，但他的意志比任何人更坚硬。他不想放弃工作，尽管他知道，每天的体力劳动会让他感到难以忍受的疲惫。可是，他明白放弃意味着什么。爷爷的病、生活的重担以及对未来的渴望像一根根无形的绳索把他牢牢捆住，逼得他不能有任何松懈。相较于其他年轻人，或许他更清楚生活的艰辛与无情，所以，他不敢停下，也不愿停下。

“就是，工作辛苦，但为了爷爷，我得挺住。我不能让他看不到希望。”他这样说时，眼神里透露出一种让人震撼的坚定与决心。那一瞬间，我几乎能够感受到他话语背后所蕴含的巨大力量。那是属于一个 18 岁男孩的力量，不是来自肉体的，而是来自心底深处那份对于亲情的坚守与责任感。这种力量无关年龄，更关乎心灵的成熟与担当。

刚子就像大山下的石头，无论外界风雨如何，他都不曾动摇。年纪轻轻的他早早懂得了“活着就是为了给别人带来希望”的道理，而这一切的动力正是他心中那份对爷爷的爱与责任。即便每天辛劳的工作把他压得喘不过气，尽管每一口呼吸都需要努力才能维持下去，但他依然不会抱怨，也不会逃避，他甚至从未把自己的病情看作一个问题。对于他来说，生病并不重要，重要的是能不能为爷爷撑起一片天、能不能为自己争取一个稍微轻松一点的未来。

每当我看到刚子在工地上搬运砖块、搅拌砂石水泥时，他那沉默寡言的背影总让我想到那些默默奉献的无名英雄。他既没有高谈阔论，也没有强烈的个人色彩，他只是在用汗水为生活铺路。刚子从来不会抱怨自己的命运，也从来不问“为什么是我”。他只是坚忍地走在自己的路上，不声不响，却始终不曾停下。

刚子的这种坚持和不愿放弃的态度深深触动了我。他对爷爷的那份爱几乎超越了生命本身的意义。每一次带着爷爷去医院，每一次怀着希望去看医生，无论结果如何，他始终没有放弃。这种坚持甚至有时让我怀疑：在这个世界上，是不是所有坚韧最终都会变得无望？但是当我看到刚子依然在为爷爷而奔波时，又忍不住想，如果没有这份坚持，生活的重量会让多少人低头呢？

（七）

刚子一直说，小时候自己最想成为一名军人。那时候，他总觉得穿上军装的样子最好看，最有力量。“就是，穿上军装那个样子，背着枪，走路也带风，特别帅。”他说话时，总是带着憨憨的笑，似乎不确定自己话语的分量，生怕被人笑话。他每次说到这儿，总是情不自禁地笑一笑，但眼里掩不住一丝失落。

“我记得小时候特别想当兵。”他停顿了一下，低下头，像是突然想起了什么，目光有些迷离。那时的刚子以为只要努力学习，总有一天会穿上那身军装。可是，随着父母亲的离世，家庭的重担落在了他年幼的肩膀上，他没有机会去继续上学，也无法去追寻那个充满阳光的梦想，“但是后来，辍学了，读不下去了，就只能去打工。”他叹了口气，眼睛低下，不再看我。

和其他同龄人不一样，他没有机会去选择自己的未来。他笑着说自己羡慕那些能够追求梦想的孩子，羡慕那些可以放飞自我的同龄人。“他们有选择的自由，可以做自己想做的事情，而我……只能一直干活，干活，赚点钱，能给爷爷治病就好了。”他的语言很有逻辑，语气有些沉重，话语中带着一种深深的无奈和遗憾。

尽管他说得轻松，但我知道，其实他的心里早就埋下了无数的遗憾和那些没有选择的痛。刚子没有机会去追逐自己的梦想，没有机会去穿上那身军装。每当看到身边的年轻人穿着校服，充满自信地走向未来的时候，刚子总会不由自主地回忆起自己的那个梦。

他憧憬过，但最终只能选择现实中的苟且。他说有时他会想，或许自己一辈子都无法实现那个军人的梦想，或许他的人生注定是这样。但他又觉得，有些事情并不重要，重要的是他能为家里尽一份力，能为爷爷争取更多时间。他不敢再去想那些触不可及的梦，只能默默承受生活的压力与艰难，拼命工作，力求能够把爷爷的病看好，把自己的身体照顾好。

刚子并不是没有梦想，他只是在艰苦的生活中，把梦想深深地埋在了心底，变成了无法实现的痛。但即便如此，他的目光依然坚定，他依然坚信，只要自己足够努力，或许某一天就能触摸到那个曾经遥不可及的梦想——哪怕这只是一个梦，一段未曾实现的青春记忆。

（八）

我看到刚子坐在工地的角落，浑身疲惫，眼中却依然闪烁着一种坚定的光芒。他喜欢笑，笑得憨憨的，笑得不求回报，笑得孤独又坚强。“就是，累啊，但没办法，就是得这么拼。”他说这话时，笑意依然挂在脸上，却让我感到一种说不出的心酸。

每当他这样笑，我总是感觉无比心酸。18 岁的年轻人早早就把生活的重担扛在肩上，仿佛他早已习惯了这种不为人知的艰辛。他知道，自己的未来并不一定会像他心中的梦想那样美好，可他依然在坚持着，他依然在为爷爷、为自己、为生活奋斗。

“就是，我要好好活，活得有尊严，给爷爷一个有尊严的晚年。”他说这句话时，眼中闪烁的光芒似乎能穿透黑夜，照亮所有困境。

我们每个人或多或少都会面临一些无法回头的抉择，其实那些看似不起眼的“放弃”或“妥协”都在塑造着我们未来的样貌。刚子在 18 岁的年纪已经经历了生活给予的无情试炼。他既没有选择的自由，也没有多少勇气去追逐自己的梦想，他的青春被过早地沉淀在责任与压力的泥淖中。

我在想，到底什么是梦想呢？有时候，梦想并非只是为了追求远方的光亮，更是为了能在生活的困境中，依然坚持一颗不屈的心。

生命的意义不在于我们所经历的时刻的数目，而在于这些时刻是否值得。或许刚子的一生并不丰富多彩，但他经历了比同龄人多得多的责任和辛酸。他的青春没有在爱情和梦想中闪耀，而是在责任中坚持，这是他的一种“值得”。

小宝，小宝

那是一个清晨，我从机场出来，带着些许疲惫，打算前往市区。通过手机叫到了一辆车，车窗外，城市的高楼和街道迅速交替而过，而车内却是另一番宁静的景象。车里整洁得让人感到温馨，空气中弥漫着一股淡淡的清新。后座有个5岁左右的小女孩，不说话，乌黑发亮的眼睛像一汪清泉，眼神清澈而充满好奇。她捧着一个小玩具，安静地玩着，偶尔抬起头，偷偷瞄向我。从后视镜看过去，女司机的面庞平和、五官端正，眉眼间透着一种岁月打磨后的清澈，眼神十分平静。那么早，车里有个孩子，我的心里不免生出些许好奇。终于，我忍不住开了口，主动向她问起话来，很快，关于她的故事便悄然流了出来—— 一个关于坚持、痛苦和希望的故事。

她叫麦麦，是一个年轻的妈妈，她有两个孩子——大宝和小宝。

（一）

小宝 2 岁时，有一天突然开始剧烈咳嗽。起初，麦麦以为只是普通的感冒，带着他去乡镇的诊所看了医生，开了药，但小宝的情况并没有好转。接着，她带小宝去了县城的医院，做了一些常规检查，还是没有找到明确的原因。孩子咳嗽不断，看起来越来越虚弱，麦麦感到越来越焦虑。

医生建议她带小宝去更大的医院做进一步检查。于是，她带着小宝去到了广州的中山三院。经过多次详细检查，终于得到了确诊——小宝患上了神经母细胞瘤，这个肿瘤压迫了他的肺部、气管和食道，导致了剧烈咳嗽和呼吸困难。医生告诉麦麦，孩子的病情已经进入了三期，属于中危，治疗难度很大。

面对这个结果，麦麦的心情沉重到了极点。虽然她和丈夫收入不高，但他们决定尽一切可能救孩子。每日医院的治疗费用达到数千甚至过万，家庭的经济压力顿时倍增，医生也曾善意地提醒他们，治疗可能不会成功，但麦麦始终没有放弃的念头。她只是想着，作为母亲，怎么能放弃自己的孩子？

治疗方案是先化疗四期，再做手术，最后进行干细胞移植。开始的那几天小宝的化疗让麦麦感到极具心痛。孩子的头发开始掉落，身体也变得虚弱无力。每次化疗后，小宝总是觉得不舒服，恶心、呕吐是最常见的反应。麦麦在一旁陪着他，抚摸着他的小手，安慰他不要怕，但自己常常因心痛而无法言语。

刚住院的那段时间，虽然小宝身体虚弱，但依然会时不时地对麦麦微笑，有时他会在妈妈流泪时用小手擦去妈妈的泪水，虽然他不完全理解妈妈哭泣的原因，但那种关心与安慰让麦麦的内心有了片刻温暖。有时小宝还会要求妈妈为他唱歌，虽然嗓音微弱，但他的眼神中依然充满了信任。

然而，随着治疗的继续，小宝的身体状况越来越差。化疗药物的副作用越来越明显，孩子的体力几乎耗尽，大部分时间在昏睡中度过。麦麦知道，孩子的病情越来越重了，她无法阻止眼前这一切的发生。医生告诉她，化疗药物的副作用非常强烈，而小宝的身体已经非常虚弱，无法承受更多的折磨。

在住院一个月后，小宝的身体终于承受不住化疗药物的打击，出现了严重的全身炎症反应。经过一夜的抢救，他还是没有能挺过来。麦麦坐在病床旁，看着那个熟睡的孩子，感到一阵无法言喻的痛苦。她的内心充满了无助和空虚，但她清楚，自己已经尽了最大努力。

麦麦说，最后一次亲小宝的时候，孩子流下了一滴眼泪，那滴眼泪像是对她的告别。麦麦觉得那是小宝在用最后的力量告诉她："妈妈，别担心，妈妈，我爱你。"那滴眼泪永远在她心中留下了痕迹，成为她永远无法忘记的画面。

（二）

麦麦 23 岁时与丈夫结婚了，年纪轻轻的她一切似乎按部就班地进行着。她未婚先孕，婚后几个月，顺利生下了大宝，女孩，健康，乖巧。家人对她的生活也没有过多干预，大家都说，她是一个幸运的孩子，家庭美满，事业顺利。那时的麦麦觉得每一天都既充实，又幸福。

婚后第三年，麦麦迎来了小宝，是个男孩。小宝天真无邪，健康活泼，与生俱来一种与姐姐不同的温暖气息。小宝是个小暖男，总喜欢跟在姐姐后面叫"姐姐"，每次看到妈妈都要撒娇，"爱妈妈，爱姐姐"。他的眼睛总是亮晶晶的，嘴角挂着笑，仿佛世间一切美好都汇聚在他身上了。

为了更好地照顾家庭，麦麦选择了在县城的一家超市工作，主要负责采销工作。她不仅要根据需求进行商品的采购，还要根据销售数据来合理调配库存，确保货品的供应不会中断，也要考虑促销活动的安排，确保销量最大化。每一天，麦麦都忙碌得像个陀螺。

超市离她的老家有两个多小时的车程。她一般周五回家，周日再回到县城。那段时间，麦麦的生活既充实，又繁忙，两个孩子，丈夫，还有工作，她总是忙得脚不沾地。每当周五她回到家里时，大宝和小宝都会跑到门口，开心地迎接她，尤其小宝，眼睛里闪烁着温暖的光，牵着她的手，成了最幸福的小孩。

然而，最幸福的时光往往很容易消失。麦麦回忆起来小宝生病前的日子，那个冬天的一个周日下午，她要返回县城，但小宝不愿意让她走。她记得很清楚，那是他生病前一周的事。以往每次她离开时，小宝总是欢快地挥挥手："妈妈去上班，宝宝乖乖。"但那天，小宝的眼里没有了以往的笑意，他紧紧抓住麦麦的手，眼泪在眼眶里打转，嘴巴噘得很高，像是世界末日般大哭大闹。那一刻，麦麦只觉得心里被什么东西狠狠地揪了一下，仿佛有什么事她没有注意到，仿佛有什么不对劲。可她还是忍住情绪笑了笑，安慰着他："宝贝，妈妈很快就回来了。"

她并不知道，那会是最后一次看到小宝如此无忧无虑的模样。后来，她才明白，也许那时就是上天在提醒她，可她没有听到。她经常会想，如果那时自己没有离开家，会不会早点发现小宝的异常，早点去检查，或许一切都会不一样？有无数个夜晚，她抱着枕头偷偷哭泣，心中充满了悔恨和痛苦，"如果早一点……”这些话成了她脑海中无法抹去的旋律。麦麦在心里无数次问自己：“为什么是我的孩子？为什么是他？”

小宝的事情处理完后，她回到家中的那一周，听到了一个故事，当时，她遇到了一位白血病患童的妈妈，那孩子已经治愈了。麦麦轻轻地说：“这是命。”说完，深深地叹了口气。是的，命运原本就充满了无常，谁也无法改变。即便如此，做母亲的始终不曾放弃任何一丝希望。

不是所有痛苦都可以避免，但每一段经历都会在心里留下痕迹。而她依旧要活下去。

（三）

小宝走后的日子里，麦麦的生活变得更加忙碌和坚韧。她把大宝接到了身边，选择了做滴滴司机。每天早晨五点半，麦麦就起床准备好一家人的饭菜，特别是大宝的小饭盒，准备好她喜欢的菜。然后，她便带着孩子一起出车。每天从早上到晚上，汽车成了她和大宝的“家”，车窗外的世界成了她和孩子的风景。

在接单的间隙，麦麦会停下来带大宝去附近走走。路边的小摊、街头的风景甚至江边的凉风都能让她和孩子稍微喘口气。有时，她会看到大宝站在车窗旁，朝着远方的天空发呆，偶尔她会停下车，陪孩子走一会儿，虽然只是短短的几分钟，但让她觉得这样的日子更有意义——简单而踏实。

每天忙碌地带着孩子出车，忙到晚上八点才会收车，回到家后，她又得做晚饭，哄大宝入睡。丈夫阿杰白天在市场卖菜、水果，下午稍微有空会去帮人们搬家。搬家一趟常常累得满头大汗，赚的钱也不多。晚上，阿杰会接班跑滴滴，虽然很累，但两个人都不敢休息太久，因为家里的债务让他们始终保持着警觉，欠的钱已经有五十多万，必须尽快还清。

麦麦说，每天晚上，她都会告诉自己，这些辛苦是值得的。债务渐渐减少了，大宝也一天天长大，虽然他们过得很辛苦，但心里感到踏实和安定。她笑着说："有时候，最简单的幸福就是看着孩子在你面前一天天成长，其他的都不重要。"

在做滴滴的日子里，麦麦遇到了不少好心人。有一次，她接到一个单子，顾客带的小孩和大宝差不多大，聊天时，顾客听到她带着孩子跑车，居然主动给了她一笔不菲的打赏，一时间，麦麦感动得说不出话来。还有一次，一个顾客让她在中途停车等一会儿，回来时，顾客带了一大袋生活用品和孩子的衣服。看到这些，麦麦的心头涌上一股暖流，她说："这个社会，还是好人多。"

她说常给车子充电的地方有一家饭店，饭店老板主动说以后可以到他家热饭，别吃冷的。偶尔开车开得远了没回去热饭吃，饭店的服务员还会主动问她吃饭了没。这些小小的善意足以让她感到这个世界的温暖。

（四）

然而，麦麦知道，阿杰的生活远比她艰辛。白天，他在市场忙得连口水都顾不上喝。那是个繁忙的早市，买菜的人络绎不绝，摊位前总是挤满了顾客。阿杰得一边招呼顾客，一边整理摊位，忙得脚不沾地。中午短短的两三个小时才是他为数不多的休息时间。通常能喘息片刻便已经非常幸运，午餐也只是简单的包子或面条，吃得匆忙，往往连热腾腾的饭菜都顾不上享受。

下午，阿杰会去帮人们搬家，老旧的楼梯房最累，那些楼梯间狭窄，空气沉闷，搬一趟东西常常是汗流浃背。搬下三楼，又爬上五楼，腰酸背痛是常有的事。有时一整天的体力活做下来，不仅手臂麻木了，背部也传来阵阵钝痛。最让阿杰心里不平的是，搬一整天家，赚的钱却很少——不到200块。有时，体力付出和报酬的差距让他忍不住抱怨："这比我想的还累。"但他知道，抱怨解决不了问题。看到麦麦也忙得焦头烂额，看到家里的债务还没还清，阿杰便强忍着疲惫，不再多说什么。

夜幕降临，阿杰没有休息的时间。晚上，他又要去接班跑滴滴。车子成了他临时的栖身地。即使是开车途中，他也要尽量让自己保持清醒，接单的提示音从来没有停止过。他会把车子的接单提示音调得特别大声，以便于睡觉的时候也不耽误接单。直到凌晨两点，实在接不到单了，他才会回家躺下，眯上一会儿。虽然时间不长，但能躺下就已经非常奢侈了。大约四个小时后，他又得起床，继续忙碌的生活。

虽然生活的重担如同沉重的大山，压得两个人喘不过气来，但麦麦和阿杰都知道，只有坚持才是他们能走下去的唯一方法。每一次的辛苦付出都会换来一丝希望。哪怕有时候他们感到筋疲力尽，但看到家庭的账单、生活的压力，他们依然没有放弃，因为每次看着大宝的笑脸，想到离去的小宝，心里就充满了坚持的力量。

麦麦常常在心里对自己说："我做这些不是为了别的，只是为了大宝，甚至为了那个曾经离开的孩子——小宝。"

她知道，无论多么辛苦，这一切都是为了给大宝一个更好的明天，也为了给自己一个不再后悔的未来。

（五）

如今，麦麦的故事还在继续，生命的篇章从未有真正的终结。我与她已经有半年未联系，在整理书稿的过程中，我发了信息给她，问问她近况。她发给我一张孕检报告单——怀孕了。接着，她说了一句："小宝回来了。"

那一刻，我的心中五味杂陈。虽然麦麦的这一句话简短，却充满了生命的力量。我们同时发了一个哭泣的表情包，仿佛在用这种方式来消解长时间未曾言说的情感。

麦麦是我见过的最坚韧的女人之一。她没有外界眼中的"幸运"，也没有所谓的"顺风顺水"，但她拥有比任何人更强大的勇气。她的坚韧不是高调的豪言壮语，而是默默承受一次次打击后，依然站起来，继续走下去。她用行动诠释了什么是真正的力量——不仅仅是忍耐，更多的是敢于重新开始。

麦麦身上有女人的坚韧和人性的韧性。这种坚韧让她在恐惧面前依然坚持。

生活从不会温柔以待，我们只能在无数次的失望与磨难中，找到自己的坚强和勇气。谁与生命抗争，生命便赐予谁力量。麦麦用她的行动证明了一个真理："人不是在痛苦中屈服，而是在痛苦中找到自我。"她没有让过去的伤痛定义自己的未来，而是用勇气书写了属于自己的篇章。现在，她怀孕了，这个新生命意味着她又有了新的希望，也许是上天给予她的另一份恩赐。

不想拼最后一块拼图的女子

上野千鹤子曾说，作为女性，自身的最后一块拼图就是孩子。如果这块拼图没有被拼进去，社会就会把你视作不完整的，甚至对你产生一种无形的压力，仿佛你的一生缺失了某个至关重要的部分，永远无法完全。这种隐形的指责像一股无声的洪流，悄悄包围着每个女人。然而，黄茹是那个拒绝拼这块拼图的女人。

那一年，我独自去了吉水县采风。吉水是一个被群山环抱的小城，位于赣中部，是庐陵文化的发源地。这里有着浓厚的历史气息，尤其那座进士文化园是我行程的重点。作为中国四大文化名园之一，吉水的进士文化园内不仅有古老的藏书楼，还有宏伟的状元阁，这些地方无一不承载着吉水几百年来的文化积淀。站在状元阁的高处，俯瞰四周，远山层叠，绿树成荫，江水悠悠，仿佛能感受到几百年前那些读书人的步伐，以及他们为一举成名而付出的无尽努力。

我漫步在文化园中，穿梭于古老的文庙、戏楼、状元街，感受着庐陵文化那种古老而深远的氛围。路过一个女性身边时，听到她在打电话说："不想结婚，不要再催了。"她的语气中流露出对婚姻的拒绝，而这份拒绝让我感到一种莫名的吸引。我没有再犹豫，大步走向她，轻声开口："你好，我正在写一本关于基层男女的书，可以听听你的故事吗？"并没有华丽的开场，只是简单的一句话，带着对她那份独立与坚毅的好奇。她抬起头，表情有些惊讶，似乎并不常有人主动向她开口。但她没有立刻拒绝，而是微笑着半开玩笑地问我："有什么好处吗？"

我瞬间拿出了我准备的礼物，于是，她笑着讲述了她自己的经历。

（一）

黄茹的长相并不算惊艳，却有一种让人不自觉想多看几眼的吸引力。瓜子脸，线条柔和，嘴唇略显丰满，笑起来时，牙齿整齐洁白，给人一种温暖而真诚的感觉。她的皮肤因为一些显眼的痘痘而略显不完美，但这丝毫不影响她的气质。她的头发是染过的，略带些浅棕色，长得有些凌乱，但这种随意的风格反而给她增添了一份洒脱和自在。和她聊天时，我不觉得她是刻意打扮过的，而是她的自然流露，让人觉得她好像不太在意外表，而是更专注自己的内心。

她喜欢用一些网络用语，常常不自觉地加上一些当下流行的词汇，甚至在我们交流时，偶尔会用一些调侃和自嘲的话语。这种与她年龄似乎不那么契合的风格透露出一种不拘一格的个性。也许正是这种独特的幽默感，让她在日常的沉闷生活中，拥有一丝不被束缚的自由。

她来自赣中部的一个小县城，32 岁，大学毕业后通过考试进入了吉水县的一家单位工作。她对县城的生活是这样评价的："县城的生活其实很简单，也很单调。每天睁开眼睛看到的都是那几条街道、重复的工作，周围的人整天谈论着买房、升职、结婚，好像只有这些才是活着的意义。"她轻轻笑了笑，声音里透露出一丝无奈。"你看，大家都在追求那些世俗意义上的成功，仿佛只有这样才能证明自己在这个世界上活过。可是我总觉得，活着的意义真的就只是这些吗？我也不知道，也许只是想活得更自在一些，少一些束缚，少一些焦虑。"她顿了顿，目光转向窗外，仿佛在想些什么，"但说起来，我也不敢做太大的改变，毕竟谁能真的跳出这个圈子呢？”

她的语气并没有愤怒，只是透露着一种冷静的自省和深沉的思考。那一刻，我觉得她的生活就像这座县城一样，安静而稳定，却又有些单调，似乎有一种无法言喻的压抑感笼罩在她的心头。她明明有能力去追求更广阔的世界，却因为各种无形的责任和期待，始终没有迈出那一步。这种矛盾感和挣扎感是我从她话语中感受到的最强烈的情绪。

（二）

黄茹不是父母亲生的，她不知道自己的亲生父母是谁。“其实我不是我父母亲生的。”她的声音听起来有些淡，却带着一种无法忽视的冷静。那种冷静像是被生活多次冲击后剩下的理性，而不是愤怒或者悲伤。“那个年代，因为是女孩，我便被亲生父母抛弃了。我被养父母收养，他们家里有两个儿子，正好缺个女儿，所以我就来了。”她不急不缓地说，话语中没有多余的情感波动，仿佛这段经历已经成了她生命中的一部分，深深烙印在她的骨血里，而她早就习惯了它的存在。

“他们总是告诉我，养育之恩有多么重，说如果不是他们收养我，我就活不下来。”黄茹的目光有些飘忽，她看着远方，像是回到了那个久远的年代，那个充满着无声期盼的家，“小时候，我常常觉得他们是在提醒我，提醒我必须感恩。”她的声音低沉而缓慢，带着一些难以察觉的哀愁。“我小时候看到哥哥们什么都不做，每天就等着吃饭、上学，而我则是无论多累都得做家务，如此喂猪、洗衣服、洗碗。即使是高中的学业最忙的时候，只要我在家，所有的家务就成了我的责任。”

放学后，黄茹的哥哥们和一群小伙伴打弹珠、玩纸板，而黄茹则是割猪草喂猪。之后她还要帮着择菜洗菜，等一家人吃完饭后，她就该洗碗了。如果是周末在家，她还要洗全家人的衣服。洗衣服用的是井水，她要自己一个人摇压水井取水，那个水井机械臂到黄茹的肩膀，她要跳起来才能将其压下去，光是压下去出水都要很久，洗衣服要更久，冬天的时候，她的两只手都冻僵了还要洗，甚至裂开了也要洗。

黄茹说那时候地里有干不完的活，种红薯翻红薯藤、种花生收花生、插秧割稻、拔草、挖洋芋，每次她跟着养母从地里干活回来都累得半死。脸也晒得比其他同学的脸更黑。她干活，哥哥们上房揭瓦，这就是她小时候的生活。她从小就觉得不公平，不公平。

在吃的方面，从小家里的肉和蛋都是哥哥们吃剩了她才有份的。有一次家里来客人，她在灶台下烧火，母亲准备煮糖水蛋招待客人，就是那种一锅糖水打几个蛋下去煮熟就行。她看到母亲打了六个蛋，就在想客人吃三个，她和哥哥们一人一个。可是直到晚上她也没吃到蛋。原来是客人吃了四个，哥哥一人吃了一个，那时候的她没怪母亲，只怪客人太能吃，很长一段时间，幼小的她都讨厌那个亲戚。

哥哥们倒还好，经常有零钱就会骑着自行车带她去小商店买零食吃，她坐前杠，二哥坐后座，大哥骑车，到了小商店，大哥会让她选一个零食，辣椒条、酸梅粉、华华丹……这些是她印象中小时候吃过的美味，简单却足以在她的童年时光中留下温暖的印象。

她的眼睛深邃而忧郁，仿佛隐藏着一些不为人知的痛苦。我忍不住想，或许她已经习惯了这种压迫，早已放弃了对抗的想法，学会了默默承受。但眼前的黄茹仿佛不完全是一个受害者。她身上有一种独特的力量，那种来自岁月和困境的磨砺，是只有经历过无数次失望和无助后才会出现的坚韧。“那时我想，如果我不做这些，父母会怎么看我？他们会不会说我是忘恩负义的女儿？”她微微地苦笑了一下，笑容中带着几分讽刺，几分自嘲。然后她继续说道，“直到我考上大学，我才终于可以真正轻松一点，享受片刻的自由。”

其实黄茹的养父母不打算让她上学。她小时候，养母曾说过：“给她口饭吃就行了，没必要花钱送她去上学。”直到黄茹 8 岁，仍然没有正式上学。黄茹回忆起时，清楚地记得村里的孩子们早早就背着书包去了学校，而她却只能在家里干活，偷偷看着那些去学校的孩子们，心里泛起了不甘。

直到有一天村主任到她家说："不让孩子上学是犯法的，得送她去。"养父母才不得不将黄茹送去了学校。那时她才正式开始了自己的学业，但也因如此，她比其他同学大了整整两岁。黄茹总是笑说，这也是她大学里没有男生追她的原因。每次一提到年龄，班上的男生们就会叫她"姐"，她不禁觉得有些无奈。

对于黄茹来说，上学的过程既是痛苦的挣扎，又是为了逃离的坚持。她清楚自己身上背负的沉重负担，不仅是学业上的压力，更是来自家里无形的责任。为了顺利读书，她常常需要借钱，甚至独自去向亲戚借钱。而到了每年年底，养父母便开始抱怨："你读书这么花钱，家里又借债，最后能做什么？"这些话语如同冬天的寒风，刺骨冷冽。但黄茹从来没有被这些打击击倒，她反而把它们当成了动力，越发坚信只有读书才能带她走出贫困的农村，走向一个不再为生计而担忧的未来。

她记得，读大学的那些年为了赚取学费和生活费，她做了很多兼职，平时当家教教小学生数学和英语，如果寒假没有家教的工作，她就会去超市当售货员。每天早晨五点她便被迫起床，去赶早班的公交车到超市去上班。工作时间通常从早上八点到晚上九点，几乎没有休息。即使是这样的工作，她也从不抱怨。暑假她就继续找一份家教的工作。那时的她比任何人都明白，如果没有一份固定的收入，她的生活就无法自给自足。每一节课她都上得很认真，孩子们从她手里学到的不只是课本上的知识，更是一种她通过苦心钻研得来的毅力。尽管这些工作非常辛苦，甚至有时候忙得连吃饭的时间都没有，几乎每天都靠泡面和街头的小摊果腹，偶尔她也感到力不从心，但她从未想过放弃。

有一次，在学校的大考前，黄茹因为连续几天的高强度兼职而几乎睡不着觉。那天晚上，她熬夜批完所有家教作业后，还得赶紧背英语单词，准备第二天的期末考试。她靠着桌子上的台灯，眼睛都快睁不开了。她记得那时自己实在坚持不住，趴在桌子上闭了闭眼睛，可是脑袋里始终回响着一个声音：“不能停下来，不能停下来。”她咬了咬牙，重新坐直了身子，继续背着那些单词，直到天明。那一夜，她感觉自己就像一台疲惫的机器，背负着太多责任，但内心的坚持让她不断向前。

每当看到其他同学在课堂上轻松地讨论着自己的梦想、未来的职业，她会感到一阵无形的压迫。她知道，她和他们之间隔着的不只是学业的差距，更是她背负的生活重担。每次学期末，她都会在图书馆埋头复习，和那些同学一起熬夜备考，她明白她熬的不仅仅是考试的夜，更是为了自己能走得更远，走出这个地方的未来。

其实黄茹并不想过这样的生活。她曾无数次在内心暗自反问："为什么我必须这么辛苦地活着？"转瞬，她就会提醒自己：她必须依靠自己。

有时，黄茹会在深夜独自走在校园的小路上，回想着自己一路走来的艰辛历程。尽管生活给予她的从来没有什么是轻松的，但她早早学会了如何在这种重压下生存。

（三）

黄茹毕业于武汉某所985大学，作为名校毕业生，受到了不少关注和赞美。在外人眼里，年轻时的她几乎是一个"按部就班"的成功故事：学习好，成绩优异，毕业后顺利端上"铁饭碗"。那个时候，她似乎是世界的宠儿，每一步都走得稳健而自信，周围光环笼罩，未来一片光明。她似乎是所有人眼中的"赢家"，甚至连同龄人都忍不住投来羡慕的目光。

工作一年后，她按照传统的轨迹，选择了结婚。丈夫也有一份稳定的工作，虽然谈不上轰轰烈烈的浪漫，但是黄茹觉得平淡的幸福便足够了。当时的她满心欢喜，仿佛已经找到了归属。然而，婚姻的甜蜜并没有持续太久。半年之后，黄茹偶然看到了丈夫的手机聊天记录，那些文字里的亲昵和暧昧刺痛了她的眼睛，故事似乎进入了一个俗套的情节——男人心里有人了。

黄茹并没有过多的情感波动，她选择了离婚，毫不犹豫地走出了那段关系。那一刻，很多人都觉得她冷静，但对黄茹来说，这只是另一种冷静的自我保护。“其实情感上的伤害还好，毕竟人生里会遇到很多这样的悲欢离合。”她淡淡地说，但她的眼神中透露出一种深深的疲惫。其实，这段婚姻的失败并没有带给她情感的打击，而是她内心深处对于失败的深刻痛感——她是一个学霸，是一个优异分子，一直以来都是人生中的赢家，而这场婚姻的失败打击的正是她那颗习惯了成功的心。

“我接受人的悲欢离合，但更难以接受的是失败的打击。”黄茹的话语简洁而有力，在她的世界里，仿佛失败并不是一个选项。她的眼神里没有太多的情感波动，更多的是一种经过打击后的理性，理性到让人觉得她似乎不再需要用情感来诉说一切。

世俗舆论似乎对女性总是不够友好，因为结婚是传统，而离婚是非传统。离婚后的黄茹仿佛成了众人议论的焦点。周围人总带着疑问和指责：“你怎么还不结婚？”“怎么还是单身？”这些问题如同无形的压力，时不时地从四面八方涌来。她无法躲避这些，曾经被赞扬为“完美”的她，如今却被无形的社会标准所审视，甚至被贴上“失败者”的标签。她没有反驳，只是默默地承受着这些议论，脸上挂着微笑，心里却坚信不需要迎合他人的期待，自己的生活自己主宰。

黄茹并不是一个排斥婚姻的女人，她说，她只是更愿意为自己而活。“我看过一部外国的女性公路电影，叫《不羁夜》，讲述了两位女性在面对生活压迫和社会偏见时，选择挣脱束缚，开始自己的冒险之旅。两位从未真正体验过自由的女性，突然间决定改变自己的命运。她们的逃亡之旅充满了挑战和危险，但更重要的是，她们的选择是为了寻找真正属于她们的生命意义，而不是符合社会对女性的传统期待。”她说这话时，眼里透露着一种从容，那是一种源自内心深处的平静与坚定。她知道，她并不是在逃避婚姻，而是觉得婚姻只是人生的一部分，不能定义整个生命。她的生命里还有许多未曾触及的领域、许多值得体验的风景，以及许多需要探索的未知。

也许她的生活方式看似不同于常规的期待，但她的眼神和语言里透露出的坚定与独立让我相信，这样的生活才是她真正渴望的自由与真实。黄茹并不需要别人对她生活方式的认可，她早已找到了属于自己的平衡点——她的幸福从来不是别人定义的，而是她自己选择的。而这一选择带着从容，带着坚定，也带着一种无法言喻的力量。

（四）

黄茹有一块不大不小的地，离她家不远，周围青山绿水，一片宁静的乡间景象。这不是大规模的农田，只是简单的几分菜地，黄茹种了自己喜欢的蔬菜和几棵橘子树。菜地里绿意盎然，在阳光下，青菜的叶子微微晃动，像是默默诉说着生长的故事。豆角在架子上爬得老高，弯弯曲曲的藤蔓上挂满了饱满的豆荚。虽然辣椒的枝叶不像豆角那般旺盛，但每一个辣椒都挂在枝头，红得像一个个小火球，热烈而鲜艳。

她时常会穿上雨鞋，戴着手套，带着简单的工具，去那块属于她的菜地。每次看着那些蔬菜，黄茹总觉得自己像古代的巡抚，巡视着自己的土地。她的目光会停留在青菜的根茎上，指尖触碰着那绿油油的叶片，仿佛能感受到从土地里传来的脉动。她会轻轻地弯下腰，捏一捏那嫩绿的辣椒，看看它是不是又大了一些。豆角的藤蔓已经快要缠绕到天际，她把手伸得更高，摘下那些新鲜的豆荚，看到它们饱满的身躯，她总能从中找到一种难以言喻的满足感。

黄茹微微低头看着这些菜，眉眼间多了一些柔和的神色。她说："每次看到这些菜长得好，我心里就特别安稳。它们像是我的朋友一样，虽然不说话，但它们知道我在这里，每一片叶子、每一朵花都是我的付出和期许。”

每当她在菜地里忙碌的时候，阳光便会洒在她的身上，洒在那些绿色的植物上，四周空气清新，鸟鸣和虫鸣声交织成一曲悠扬的田园交响曲。这里没有什么繁华的都市生活，没有喧嚣的人群，也没有那些让她焦虑的条条框框。这里只有土地，只有那片菜地和几棵橘子树，给她带来最简单的幸福。

黄茹的橘子树已经长得很高了，每年秋天都会结一些橘子。她小心翼翼地照顾着这些橘子树，从不让它们受到任何损伤。她知道，橘子是需要耐心等待的，正如生活中的许多事情一样，得经过时间的酝酿，才能有所收获。树下的土壤也得常常松动，施肥浇水，保持其松软和湿润。每一次给橘子树浇水的时候，她都会在心里默默念叨："希望今年的橘子比去年更甜。"

黄茹的生活真像诗：种花种菜种生活，一年四季皆可欢。自然有时赠予我，一池春水映山川。在这片菜地中，她无须承担外界的期待，也无须面对生活中的喧嚣和复杂。她只是单纯地与这片土地相处，给它播种、浇水、施肥，等它回馈她一份来自自然的温暖。

（五）

她还喜欢救助流浪狗，黄茹救助流浪狗源自她内心深处的一份悲悯之心。每当看到那些在街头徘徊、眼神里带着绝望的流浪狗时，她的心就像被什么东西轻轻一拽，无法装作视而不见。她说："我觉得它们生来就不该这么苦，能帮一把就帮一把。活该有人爱，死不该无人问。"虽然她的话简单，却透着一种坚定的温柔。

有一次，她在小区附近散步，看到一只瘦得只剩骨头的小狗躺在路边。它的眼睛满是怯懦，脏兮兮的身上沾满了泥土，看起来像彻底放弃了活下去的希望。黄茹站在那里看了很久，心里一阵揪痛。她走近小狗，蹲下身，轻声安慰它："别怕，跟我走吧。"她伸手轻轻地把它抱起来，心里却是沉甸甸的。虽然这只狗可能不再相信人类的善意了，但她知道，自己不能坐视不管。

她带着它回家，细心地给它洗澡，喂它吃饭，轻轻地拍着它的小脑袋，仿佛在安抚自己内心的不安。之后，她把它送到附近的兽医诊所，检查了身体，给它注射疫苗和驱虫药。回家的路上，她看着它依偎在自己的怀里，心中有一股暖流在慢慢流淌。

"这些狗狗都是被人抛弃的，它们没有错，错的也许是这个世界。"黄茹常常这么对自己说。她并不觉得自己做的事情有什么特别，反而觉得能为这些小生命做一点事已经是很幸运的事了。她并没有想着要改变什么，只是心里那种"不忍心"的情感促使她一次又一次地伸出手。

黄茹家里有几只狗和猫。它们或被遗弃，或受伤，最后找到了她这片小小的庇护之地。每当夜晚降临，她坐在沙发上，身边是安静的狗和猫，偶尔会传来它们轻微的呼吸声，她觉得自己的内心渐渐变得宁静。

现在，黄茹的生活就是种菜、养狗、交朋友，她说她喜欢跟志同道合的朋友聊天，可是因为县城太难找了，所以她会报户外徒步团，只要放假有时间，她就会去参加这类“年轻人”的活动，这种户外徒步团由一个团长带队，一般是去周边的城市爬山、压公路，这样的生活模式让她变得越来越与自己的生活割裂，她渴望自由，渴望往外走，又无法真正出走。可是自由就一定要出走吗？自由应该是我们所创造的状态。

知白守黑，知荣守辱。大音希声，大象无形。愿真实的黄茹永远坚守自己的内心。

一炉红薯，一方遗憾

人生最遗憾的不是失去，而是明知道不可能再拥有，却仍然深深渴望。这是我从琴的经历中感悟到的。

（一）

大多数人看到学校门口守着小摊的妇女，总会下意识认为那些妇女一定是没有什么文化、没有什么精神追求的普通妇女。

然而，琴的存在却打破了这种刻板印象。她是一个有故事的人，一个曾经站在讲台上的乡村小学教师。今年，琴已经 50 岁，皮肤是大麦色的，单眼皮，笑起来眼角全是皱纹，牙齿的黄色与她的肤色融为一体，显得格外亲切。她常穿一件灰色大衣，袖口戴着袖套，这已经成了她的标志。每天下午四点，她准时在这条喧嚣的学校小吃街上摆起摊，直到夜晚十一点收摊，过着与曾经完全不同的生活。

琴的摊位并不起眼，只有一个大铁桶样的烤箱，烤箱上面摆着一个铁皮箱子，里面装着她自己做的糍粑。虽然她的摊位很小，但是她的坚持和梦想的延续。每当有路人经过，琴总会充满热情地招呼："新鲜的烤红薯，要来一个吗？还有麻糍，都是我自己做的！"她的声音响亮而亲切，仿佛每一句话都带着温暖，深深打动着每一个路过的人。

每卖出一个红薯，琴便会用布擦拭一下烤箱，习惯性地保持摊位的整洁。她知道，食物的味道需要用心去经营，而摊位的干净与整齐能让每一位顾客感到舒适和安心。

（二）

琴对食材的挑选有着近乎苛刻的要求。每次去市场买红薯时，她都会仔细观察，挑选那些外皮略微粗糙且呈深红色或紫色的红薯。她知道，并不是任何品种的红薯都能得到那种焦香四溢的效果。她特别喜欢选择"蜜薯"这一品种，它肉质细腻、甜度较高，烤制后能散发出更浓郁的香味和甜感。蜜薯表皮的颜色深，带着一丝紫色，表面微微裂开时，更能释放出浓郁的糖分。她通常避免选择那些表皮光滑且呈淡色的红薯，因为这些红薯烤制时水分较多，虽然口感软糯，但缺乏足够的甜味和香气。

每次她去市场都会仔细挑选那些没有受伤或腐烂的红薯，特别是在购买大批红薯时，她更会一一检查每个红薯的外皮和质地。她知道，只有选择新鲜且没有受伤的红薯，才能保证最终烤出来的红薯口感最佳。她用手指轻轻地抚摸红薯表面，感受它的紧致和坚实，确保它们富有弹性，能够在烘烤过程中保持形状和口感。

回到家后，琴会先仔细清洗红薯，她特别讲究，每个红薯的表皮都必须洗净，确保没有任何残留物。然后，她会用厨房纸巾把红薯擦干，并轻轻地包裹上一层铝箔纸，每一个红薯都要包裹得严密，让它在烤制过程中保持足够的水分。

在烤制过程中，琴会定期翻动红薯，以保证其均匀受热。她不喜欢一面过于焦黑，另一面生硬的情况。每次她翻动时，都会用力按一下红薯外皮，确保它们表面裂开得恰到好处，散发出诱人的香气。当红薯表面微微焦黄，裂开的小缝里开始渗出一丝丝甜蜜的糖液时，琴便知道，红薯已经烤好了。

对于糍粑，琴有着更加细致的讲究。她挑选的是当地新鲜的糯米，浸泡一夜后蒸熟，反复碾压成黏腻的团状。此外，她不依赖外面的花生碎，而是亲自将花生炒香，磨成粉末，撒到糍粑中。这一切都出自她对于健康的坚持。琴坚信，食物应当是天然的，不能有任何化学添加物。她做的糍粑口感软糯，香气扑鼻，远比外面那些添加了化学剂的糍粑要更为纯粹和健康。

每当有顾客前来购买，她总是热心地推荐："这些糍粑是我自己做的，花生碎是自己炒的。"她的言语简单，却总能打动人心。对她来说，做出一份健康美味的糍粑远比追逐眼前的利益要重要得多。

每天琴都会站在摊位旁，时不时低头检查烤箱中的红薯，或轻轻翻动糍粑盒中的糍粑。每一份从她摊位上送出的食物都蕴含着她的心意和她对顾客的真诚。她对食物的态度像极了她对待生活的态度，那就是耐心、细心、持之以恒。

（三）

曾经琴是一名乡村小学的语文教师，那是广西一个名叫洪山村的村庄。这个远离城市喧嚣的偏远山村四周被群山环绕，像是隐藏在大自然怀抱中的一颗孤珠。琴说洪山村小学的建筑破旧，屋顶上的瓦片坑坑洼洼，墙面斑驳，教室内的课桌椅子也已褪色，那时候学生的条件很差。尽管如此，琴依然热爱那片土地，因为这里有她的学生，有她心爱的讲台。整个学校的学生不到 100 人，人数虽少，但正因为这样，老师与学生之间建立了深厚的感情。

那时，琴的月薪只有 80 块钱。对于外界的人来说，这样的工资微不足道，但对于琴而言，这足够支撑她一个人的生活，并让她感到安稳。每天清晨，她会早早起床，整理好课本，带着一颗热忱的心走进教室。她的学生大多来自贫困家庭，衣衫褴褛的孩子们有时连书本和文具都不齐全。她的每一堂课都充满了耐心和关爱，课堂上，她常常用温柔的声音引导学生读书，耐心纠正他们的发音，或者和他们一起讨论问题，笑声和朗读声在教室内回荡。琴知道，对于这些孩子而言，她不仅是老师，还是他们通往外面世界的一扇窗，是他们了解世界的桥梁。

课堂之外，琴还会花时间与学生们交流，倾听他们的心声。有时候，课后她会邀几个成绩较好的孩子留下，或教他们一些课外知识，或做些手工艺。课间，琴常常会和孩子们一起在操场上跑步，或者在操场边的树荫下坐下来，分享自己的一些生活感悟。那时的琴年轻而充满热情，她对孩子们的未来寄托着无限希望。她时常对学生们说："不管你们将来做什么，最重要的是有一颗善良的心，要勇敢去追寻自己的梦想。"这些话在学生们的心中埋下了希望的种子。

但对于琴而言，那段日子也感受到了真实的贫困。

洪山村的经济贫困，许多家庭甚至连温饱都无法保障。很多孩子连课本和笔记本都要节省，笔记本写完用橡皮擦干净继续用是常态。有一次，琴去家访时，看到一位学生家里只有一盏微弱的煤油灯，学生的父母已经年迈，家里陈旧的床铺和破旧的衣服让琴感到心疼。

她知道，她的职责不仅仅是传授知识，更重要的是激发学生们心中的梦想，帮助他们看见更广阔的世界。

（四）

她曾有过一段难忘的爱情故事。那时候，她正在读高中。琴并不算班里的佼佼者，但她有一颗坚韧的心，默默地努力着，争取着每一个可以超越自己的机会。她的班上有一个男生，成绩很好，身材高挑，眉眼清秀，脸上总是带着一种淡淡的微笑。琴不知道那阳光感是否只是男生对她的一种友好，但她知道，自己早已深深地被那份温柔所吸引。

他们之间的情感并不算复杂，而是那种纯净而简单的青涩爱情。琴喜欢在课后走到他身边，两人一起讨论作业，偶尔谈论生活中的小事。男生会笑着对她说："你看，明年你一定能考上大学，像你这样聪明的女生，怎么会考不上呢？"慢慢地，两个人产生了最诚挚的爱慕之情。那个时候，她常常幻想着和他一起走进大学的校门，穿着同样的校服，走在校园里，分享那些青春的欢笑与梦想。

然而，命运并没有按照琴的愿望发展。那年高考的成绩揭晓后，男生顺利考上了大学，而琴却没有考上。但琴并没有选择放弃，而是鼓起勇气和父亲谈起了继续参加高考的事情，但是父亲拒绝了她，父亲给她联系了村小老师的工作，父亲认为在村里当个老师已经超越很多女娃了。琴的父亲是一位老实的农民，他的想法简单且直接。他认为，能有一份稳定的工作已经是上天对女儿最大的恩赐，为什么还要去追逐那些虚无的梦想呢?

接下来的日子里，琴与父亲斗争无果，只能选择放下高考的梦想，走上了那条成为乡村小学老师的路。在那个只有几十个学生的小学里，她和一群活泼的孩子们度过了一个又一个日夜。她依然坚持每个月给那个男生写信，告诉他自己会继续为梦想而奋斗，尽管她没有告诉他自己内心的痛苦与挣扎。在信中，她总是充满了希望与勇气，仿佛自己并不曾放弃曾经的那个梦想。

男生的回信从一开始积极回应并鼓励琴到后来不再回信，琴懂了，两个人不可能了。

最终琴也没能与爱的人一起读大学。

（五）

后来琴与同村的一个男人结婚了，最初，两个人的生活并不容易。那个时候，家里经济压力大，虽然生活艰苦，但有了爱情和孩子，她总觉得一切都有了希望。

琴一直觉得，结婚后她和丈夫应该共同承担生活的重担，直到有一天，丈夫突然提出了去城里打工的建议。“城里一个月能赚500块，是你在村里教书的几倍。”丈夫充满了对未来的憧憬。

虽然她舍不得放弃乡村的安宁和与学生们的情感联系，但她清楚，生活不可能一直停留在原地。这也是琴内心最矛盾的地方，她舍不得离开那个熟悉的环境，舍不得离开孩子们眼中的“老师”身份。最终，在丈夫的坚持下，琴做出了决定：带着孩子一起去省城，开启一段新的生活。

一开始，琴并不适应省城的日子。丈夫在市场开了一个小店卖水泥，虽然收入多，但忙得几乎没有时间顾及家庭。而琴则在餐馆工作，从清晨到晚上，洗碗、扫地、做服务员，像个陀螺一样转个不停。虽然两人的工作都很辛苦，但能让家里逐渐好转。琴看到孩子在省城读书，接受到更好的教育和机会，她觉得自己的付出是值得的。

然而，这种安稳的日子并没有持续太久。突然家里迎来了一个“机会”：丈夫的一个朋友在河南做煤矿生意，承诺高额的回报。那时候，虽然生活比以前好了一些，但琴知道，积蓄也不过 10 万块钱，能买得起一个房子，虽然不奢华，但足够安稳。丈夫听说了朋友的生意，开始心动了。丈夫想跟朋友去河南做生意，那时她对丈夫的信任已经深深植入心中，再加上丈夫的热情，最终她同意将积蓄投进去，并且丈夫还向朋友借了几万块钱。

结果却让琴万万没想到。投资的煤矿生意根本没有带来他们期待的回报，反而在几个月后宣告破产，所有的钱甚至借来的债务也随之打了水漂。琴感到从未有过的无助与愤怒，那些原本用来买房子的积蓄转瞬间变成了泡影，而债务的压力让家里陷入了前所未有的困境。

面对这场失败的投资，丈夫变得沉默寡言，每天沉浸在无尽的自责中。之后他选择去一个电子厂做工，每天从早到晚重复着单调的工作。琴理解丈夫的内疚，却也无法忽视自己内心的痛苦。她的世界再次陷入了疲惫与不安的循环中，除了工作，她几乎没有更多时间照顾家庭和孩子。

为了能够应对家中的债务，琴又开始了更多的打零工。她在街边做过临时的清洁工，帮邻居做过家务活，也曾在夜市里推销过些小商品。她的生活开始变得像机器一样，日复一日地转动。

（六）

琴的日子很简单，却也充满了劳碌。为了在缓解家里经济压力的同时照顾好孩子，她选择了早晨送报纸的工作。每天早上 6 点，琴会准时到邮政中心领取报纸，确保 9 点之前送到每一户居民的报箱。这份工作并不轻松，每次她都要穿越大街小巷，背负着沉重的报纸，迅速完成这项任务。有时，她会早早去领报纸，顺便回家给孩子做饭。不管天气寒冷或酷热，琴从未迟到过，因为她知道，孩子的学习需要她的陪伴。

有时，白天还有些空闲时间，她便会去给别人家打扫卫生。每单赚 60 块钱，对于琴来说，这已经是很可贵的一笔收入了。60 块钱足够买几天的菜，补充家里日常的开销。虽然这些工作辛苦，但琴从未抱怨过。每次她擦着满是污渍的地板，扫着屋角积尘的时候，她心里总有一股坚定的力量在支撑着她，那就是她对孩子未来的期望，以及对生活的执着。

不久后，孩子考上了本地一所大学，琴的生活又发生了变化。为了感受大学生活，她把家安在了大学附近，在学校门口卖烤红薯和糍粑。也许是为了弥补自己年轻时的遗憾吧，她看着大学生会感到十分安心。

有时候，琴会看着那些急匆匆赶去上课的学生们，眼里透露着无尽的温柔和关切。她会轻声地对那些学生说：“这些红薯没有添加剂，你们放心吃。”她总觉得，做母亲的责任就是保护孩子，甚至包括他们的饮食健康。她甚至记得一些常常来买红薯的学生，记住他们的名字，问候他们的学习和生活。

我问琴："为什么要卖烤红薯和糍粑，而不是其他生意？"琴总是笑着回答："这比卖那些烤串要健康得多。红薯、糍粑都是天然的食材，吃了对身体好。我不希望我的儿子吃不卫生的食物，也不希望别人吃。"她的语气里充满了坚定与深情，那是对家庭的责任，是母爱的体现。

我又问琴："是否有任何事情是你后悔的？"她眼中闪过一丝哀伤，叹了口气："我最后悔的就是当年没有坚持考大学。"她低头沉默片刻，继续说道："我一直在想，如果当年我能坚持不放弃，人生会不会有不同选择？我后悔放弃了那份体面的工作，后悔没有走出那条能改变命运的路。"琴的话语中夹杂着无尽的自责与遗憾，仿佛多年后，这些遗憾已经成为她内心深处的重负。

"女人在任何时候都不能放弃自己的工作。"琴说。她知道，工作不仅仅是谋生的手段，还是自尊和独立的来源。她经历了太多的艰辛与后悔，才渐渐明白了这一点。

我又好奇地问她："后来那个初恋怎么样了？"琴的眼神有些黯淡："后来他和大学同学结婚了。"

她的语气没有太多波动，似乎已经习惯了这一切。她继续说道："那没办法。"

曾经那份青涩的爱情早已随着时光的流逝而淡去，琴并没有过多纠结，反而更多的是释然和接受。

最后，我问她："人生最重要的是什么？"琴静静地想了片刻，缓缓地回答："最重要的就是做对选择。选错一步，可能就步步错。"她的话语中透着无奈，却也透露出深刻的智慧。

或许人生就是如此吧，站在过去，无法预料未来；站在未来，无法改变过去。

村医方宏

方宏已经在赣南富足村扎根了二十年。富足村藏在深山的怀抱里，四面环山，山道狭窄，村头一条水泥路蜿蜒进村，沿着山脊，一直走不尽。这里的村民大多是自给自足的农人，每天早出晚归，生活简单得几乎与世隔绝。全村有四百多人，他们像山里的一草一木，融入了大山深处，生活不快也不慢。

山成了富足村的一道屏障，让它和外面的世界保持着一段距离。这里的日子过得慢，甚至有些沉寂，沉寂得人心里也生出几分安静的力量。山风带着泥土的气息，清晨的雾像纱一般笼罩着每一片屋顶。村子里的房子大多是泥墙砖房，屋檐下挂着干辣椒或干玉米，门前的小路被岁月的车轮磨得十分光滑。这里的人依赖土地，生活的节奏像山的脉搏一样沉稳，四季更替，年年复始。

方宏身高不到一米七，体重却有两百多斤。他那张圆圆的脸上常常挂着一抹温和的笑容，像山间最温暖的阳光，照进每一个病人家中。每天早上，他穿着一件已褪色的白大褂在村道散步，无声地守护着这片土地。村里的孩子见到他像见到了自己的亲人，老人见到他，眼里带着依赖与安慰。他知道，富足村的村民生活清苦，生的病常常不是大病，而是细碎的劳作伤痛、旧疾未愈，甚至是生存的艰辛所带来的心病。

他曾有机会进入城市的医院，享受相对安逸的生活，但最终，他回到了这里，回到了父亲曾经走过的路上。当年父亲让他继承村医的职责，方宏并没有想太多。后来渐渐发现，自己对这个村庄的责任比自己想象的要重得多。

这片土地的气息深深扎在方宏的骨髓里。他没有选择去享受城市的繁华和宁静的生活，而是选择了这份平凡的责任。每当有人问他是否后悔放弃城市的机会，方宏总是沉默片刻，笑着摇头："我爸不行了，村里没人接班，如果我不回来，村民们看病就成问题了。"他说着，眼神深邃，仿佛背后背负着某种无言的重担。

（一）

方宏的卫生室就在他家的一间小屋里。屋子不大，布置得简朴，甚至可以说有些陈旧。进门的那一瞬间，迎面而来的是一股药材混合的气味，空气中弥漫着中药的清香与老旧木材的味道。屋内的桌子已经磨得光滑，年久失修的木椅稍显摇晃。角落里有一只小柜子，上面堆着各种药品，瓶瓶罐罐的包装已经有些褪色，标签上的字迹模糊不清，但方宏心里明了每一瓶药的用途与效果。

木桌上，药品整齐地摆放着——感冒灵颗粒、止咳糖浆、阿莫西林、头孢克洛，这些常见药物几乎都能在这里找到。即便是最普通的药方，也在方宏的手里产生了一些特殊的“魔力”。他知道，药瓶背后藏着的不仅仅是一种病症的解决办法，还有对村民的关心与呵护。

每天清晨，诊所的门口总是有一两位等着看病的村民。每当这时，方宏赶紧打开门，迎接他们的到来。虽然诊所的空间不大，但有了忙碌的患者与不断上门的病人，总显得热闹而和谐。

“方医生，今天有点头晕。”“方医生，给我开点药吧，浑身发冷，吃啥都不管用。”“方医生，肚子老不舒服，能不能给我看看？”

方宏给病人看病时，从不急躁。他会静静地听病人讲述症状，眉头微微皱起，眼神专注却不失温和。他从不打断病人的话，耐心听他们诉说。对于那些年纪大的老人，他更是小心翼翼地端正自己的姿势，坐得稍近一点，用低沉而温暖的声音说:“慢慢说，别急。”村里人都知道，方宏不会随便开药，而是会根据病人的情况仔细判断。如果是小病小痛，方宏一般会开一些简单的药物，让患者回家休息。如果病情稍重，方宏会叮嘱他们多加注意，最好去县城做个检查。这些年，他早已习惯了面对村民时那种简朴而真诚的情感。有时候，病人来了，往往不只是为了治疗，而是为了分享一段生活琐事。这时，方宏笑笑，静静听着。

一个个看诊，一个个解答，一个个开药。这就是他每天的生活，在这个小卫生室的生活。

（二）

方宏曾有机会留在城市的大医院，过上更为安稳的生活。那时，25 岁的他也曾梦想着能穿上洁白的医师服，在城市的医院里做一名正式医生，过着按时上下班、拥有固定薪水的生活。对于他来说，城市的一切既充满诱惑，又充满不确定。宽敞的诊室，先进的设备，稳定的生活，看似让人无法抗拒的美好。然而，当时，他的父亲，一名 60 多岁的老村医，给他上了一堂关于责任的课。父亲身体不好了，没法继续给村民看病，他应该来继承这份责任，最终，面对这份责任，他决定回到富足村当村医。

一般人继承父亲的财产，而他继承父亲的责任。

每当有人问起他为何会做出这个决定时，方宏总是沉默片刻："我爸不行了，村里没人接班，村民们看病就成问题了。"他的话语简简单单，却透露出一种深深的责任感。

曾经方宏动摇过。他曾与妻子商量是否该去城里发展，毕竟那里的条件更好，医疗资源更丰富，能为家人提供一种更舒适的生活。可是，他也知道，自己根本无法放下富足村的这份牵挂，放下那群依赖他的人们。那是一种从骨子里发出的归属感，一种对村里每一个熟悉面孔的责任。他不只是村里的医生，也是这些人的依靠。

我在方宏身上看到了对纯粹的"理想主义"的坚守。

（三）

回到村里后，方宏很快意识到，单单依靠内科的知识远远不够。作为一名乡村医生，他要面对的不仅是常见的小病小痛，还有一些慢性病、外科病、疑难病。他知道，只有不断学习、不断充实自己，才能更好地服务村民。于是，他开始自学全科医学，研究各种医学书籍。

方宏的自学方式简单而原始。他常常在诊所后的小书桌上翻开一本又一本沉重的医学书籍，默默阅读。最初，他从一些简单的《乡村医生手册》开始，学习基础的内科知识。后来，他开始看《全科医学》学习各种基础学科和临床学科，再后来，他逐渐接触到一些中医书籍，像《黄帝内经》、李时中《伤寒杂病论》这样的经典，方宏一字一句地读着，字句虽难，但他总能耐得住性子，捻着书本，慢慢理解其中的精髓。

“书上说，‘治病必先治心’，这句话我记得很清楚。”方宏说起自己学习的心得时，轻轻地笑了。他的眼神中带着些许思考的沉静，“我渐渐明白，真正的医者，不仅要治病，更要治人的心。乡亲们受了病痛，心里更难受，我们医生要先安抚他们的心。”

方宏将中西医结合的方法融入自己的实践中，渐渐形成了独特的治疗风格。他不仅依赖药物治疗，还时常根据病人的情况，建议他们调节生活方式，甚至有时候会亲自带着病人去田间地头，教他们如何放松劳作中的肌肉。虽然这些方法并不一定能立竿见影，但方宏坚信，自己能为病人带来更多的是一种长期的健康引导。

（四）

方宏有三个账本，其中两本已经褪色泛黄，这是岁月和时间给它们留下的烙印。另一本相对新一些，虽然纸张不再洁白，却也不至于像它的前辈那样风化掉。每一页都密密麻麻地记录着那些欠医药费的名字和数额：2006 年 5 月 1 日，张香家欠 2 元；2007 年 2 月 8 日，棍子家欠 5 元；2010 年 9 月 3 日，方大兵欠费 15 元。最久的账已经是十几年前的事了，虽然账本早已褪色，但它们静静地躺在那个木箱里，像是历史的见证，默默诉说着那些过往的故事。

早些年，在富足村，欠医药费几乎成了一种常态，大概八成的家庭有着一段或长或短的欠账历史。村民们大多以土地为生，收入微薄，生活也常常捉襟见肘。尤其对于那些年事已高、身体越发虚弱的老人来说，生病意味着他们不得不面对一个无法承受的负担。虽然药费、看病的费用不多，却成了他们心头的一块大石。尤其有些家庭，儿女远在外地打工，平日里寄来的钱仅够维持基本生计，再加上年老的父母时常生病，钱总是不够花。于是，欠账成了他们唯一的选择，而这份账往往是几个月甚至更长时间都无法偿还的。

方宏知道这些村民的艰难，也知道自己的责任。他并没有责怪这些人，反而总是温和地开导他们，说："没事，慢慢来，能看病最重要，钱的事不急。"他从不催促，也从不生气，哪怕账本上那一个个零头逐渐堆积成了一座座小山。

村民欠款都是有原因的，比如 80 岁的刘家大娘，慢性病拖得她体力越来越差，时不时就得买药打针。

早年她的儿女都去外地打工，寄回的钱有限，很多时候连她的医药费都没法及时支付。每次她来找方宏时，总是带些歉意，拿着那几张皱巴巴的钞票，递给方宏的时候，总带着一丝不好意思：“我这钱真是拿不出……”方宏总是笑着摆摆手：“不急，不急，等你手头宽裕了再说。”他说得轻松，实际上他也并不宽裕。

方宏并没有把这些欠账当成负担，他知道，村民们并非心甘情愿欠账，更多的是生活的艰难和无奈。有时候，账本里记录的不只是数字和名字，还是一个个家族的困境和责任。他不是生意人，他也没有做生意的心思，他想的只是病人的健康和生活的尊严。

那些账本静静地躺在那里，见证着一份份未曾收回的“债务”，但方宏他从不催债，因为他明白，在贫困和疾病的面前，金钱的追求不过是浮云。而他，方宏，已经把自己的心安放在了这片土地上，和这些人一起活着，活得更好。

（五）

方宏不仅是富足村的守护者，也是生命的传播者。每年，他都会献血十几次，在 2020 年，他甚至达到了 20 次的献血纪录。或许这一数字对于他来说并不惊讶，但对外人而言，这却是一种几乎超乎想象的执着。

方宏总是沉默而坚定，每次献血，他都献出

200~400 毫升的全血，有时是定期的捐献，有时是临时听闻哪里急需血液。对于他来说，献血不仅仅是献出一部分血液，更是一种传递生命、希望的方式。他并不期望看到自己的名字被镌刻在某个奖杯上，也不指望因这一行为而获得外界的认可。方宏的献血是一种深植内心的责任，是从曾经受到帮助的那一刻起便埋下的种子。

他年轻时，曾因一次意外失血过多，差点儿失去生命。那时候，他感受到了从死神手中挣脱的紧迫与渴望，那袋陌生的血液就像重生的契机。这一经历深深烙印在他心里，成了他生命中最为根本的驱动力。于是，方宏决定，要把那份曾救过他的爱与希望传递给更多需要的人。

富足村人知道，每当听到哪里需要血液时，方宏的身影总会毫不犹豫地出现在献血车旁。而他从不觉得这有什么特别之处，甚至有些人问他："你怎么那么多血啊？"他总是淡淡一笑："血液是流动的，不停地给别人，也能让自己保持温暖。"他不觉得这是一项什么伟大的事业，而是理所当然的生活一部分。但是对于村里的人来说，他的这种无私与坚定早已成为一种精神的象征。

他曾说："生命需要传递，就像我们这条小溪，流过一代又一代。"他的这番话简短，却藏着不容忽视的深意。在他看来，献血不仅是一种生理上的流动，更是一种情感上的承接与延续。每一袋血液背后都是一个等待的生命，每一次献血都是对一个家庭、一个村庄未来的守护。

方宏的微信头像就是一个写着“爱心献血”的红丝带，他传递出来的是最朴素的人性中的至善。

每一个生命都有其独特的意义，每一次帮助都是对人性的馈赠。愿这束光永不灭。

（六）

方宏心里有一个心结，也可以说是一个遗憾。那是 2008 年的时候，村里一个 6 岁小男孩从山坡上摔了下来，重重地撞到岩石上。孩子的家人急匆匆地抱着他跑进诊所，只见孩子满脸的灰尘和汗水，眼睛痛得紧紧闭着，嘴里哽咽着：“疼……疼……”

方宏认真检查了孩子的身体，摔倒后既没有明显的外伤，也没有呕吐现象。看着孩子能说话，方宏沉默了片刻，觉得应该没什么大问题：“孩子应该没有大碍，但如果还疼，要去医院做检查。”后来，孩子父母便把孩子带回家睡觉。

第二天早上，孩子的父母像往常一样去叫醒孩子，准备让他起来吃饭，结果怎么叫也叫不醒。这时，家人慌了，他们决定把孩子送到县城的医院。到达医院后，CT 显示，孩子的大脑已经发生了严重的出血。如果当时能及时送往医院，或许有机会挽救他。可是，现在一切都晚了。孩子在医院住了十天就走了。

这个消息像一颗重磅炸弹砸进了方宏的心里，小男孩那张满是痛苦的脸仿佛还在眼前。“当时我应该坚持让他们去县城检查的。”方宏无数次在心里重复这个念头，可惜一切已经无法改变。

方宏没有告诉任何人这一切，但他自己清楚，这个遗憾已经深深地埋在心底，像一根刺，扎得他每次回想起来都难以喘息。那些日子里，他常常独自坐在诊所的角落里，眼前的世界依旧平静而缓慢，但心里总有一种无法消散的压迫感。每当夜深人静，那个孩子的模样就会不请自来，浮现在眼前，孩子那张痛苦的脸和低声喊出的“疼”字始终缠绕着他。

从那之后，方宏每次接诊都变得更加谨慎。他常常叮嘱病人的家属，如果有什么不对劲的地方，不要犹豫，立刻去做检查。虽然这种经历无法改变，但让方宏学会了更加小心和负责任。

（七）

方宏的生活仿佛一条安静的溪流，在富足村这片深山老林里缓缓流淌。他曾无数次幻想过退休后的日子，梦想着能走出这片狭小的天地，去看看外面的世界。其中海边是他心中最温柔的向往。方宏常常想象着自己站在辽阔的大海前，海风吹拂，波涛汹涌，眼前的一切仿佛在无声地诉说着远方的故事。他憧憬着坐船穿越大海，看着船尾的水花四溅，远离那片满是泥土和草木的山岭。

他想去看繁华世界，去大城市感受车水马龙，去咖啡馆、博物馆、图书馆坐一坐，看一看不一样的人和景。尤其那些海边的日落，方宏脑海中总是浮现出金色的光辉洒在海面的景象。或许那样的日子充满了某种未知的美好，和富足村完全不同的美好。

然而，想归想，现实终究压得他喘不过气。方宏知道，自己的日子已经和这个山村捆绑得太紧，虽然心中偶有离开的冲动，可一想到村里的病人，尤其那一个个充满期待的目光，他又觉得无法割舍。

看似宁静的富足村实际上正面临着前所未有的困境。

外面的世界正在飞速发展，城市化的脚步已经从四面八方压了过来。富足村的年轻人纷纷离开，去往大城市，去寻找更加光明的未来，留在村里的基本是年迈的老人和幼小的孩子。即便有些年轻人曾经有过回归的想法，但最终他们选择了走别的路。即使偶尔有一个返乡的年轻人想接过方宏的担子，依旧面临巨大的挑战。在他们眼中，乡村医生的工作似乎是一份“没前途”的职业，生活条件简陋，收入微薄，更重要的是，日渐减少的患者和日益繁重的工作压力使得年轻人对这份职业产生了深深的畏惧。

对于方宏来说，最大的担忧不仅仅是自己身体上的疲惫，而是对于未来的无力感。他知道，终究有一天自己会老去。那些年纪轻轻离开家乡的孩子能否再回到这片熟悉的土地，承接起那份沉甸甸的责任，方宏心里明白，答案并不乐观。

他叹了口气："如果到我退休的时候，村里连一个医生都没有了，那些人该怎么办？"他的儿子们并没有选择继承他的事业，村里年轻人学医的少，愿意回乡的更是凤毛麟角。

如今的他无法避免现代化的浪潮带来的变革。医院的设备越来越先进，诊疗也越来越全面，乡村的医生却在逐渐消失。方宏甚至担心，有一天，富足村真的会成为没有医生的村庄，没人再能提供那份来自生活底层的安全感。

或许他还能支撑几年，但对于整个富足村而言，底层医疗的安全感困境只会愈加严重。

"到底能不能再走一段更远的路，能不能去看看海？"方宏偶尔会自言自语，眼中带着一种对远方的渴望。然而，每次他做出这样的决定时，心里总会涌起一阵阵不舍。即使外面的世界再精彩，他始终知道，自己的根已经深深扎在了这片土地上，扎在了每一个需要他的人身边。

随着时代的变迁，越来越多的年轻人选择离开乡村，寻求更广阔的发展空间。然而，在这片土地上，仍有一个人坚守着自己的岗位，他就是乡村医生方宏。他最大的担忧是这份责任终究会在没有继承人的情况下消失。这不仅是方宏个人的困境，也是整个乡村医生群体的困境。乡村医生，这个曾经为无数人撑起一片天的职业，正在面临着严峻的挑战。而谁也说不准这些挑战最终会带来怎样的命运。

老刘与小黑

真实的人生百态浓缩在一家小小的面馆里，荒诞却也平实。

老刘，陕西人，今年 50 岁，常年守着这家面馆。面馆门前是一条不太宽的街道，偶尔有几辆车驶过，偶尔又有一阵小风拂过，带起地面上零散的尘土。面馆的外观简洁、朴素，白墙上泛着岁月的痕迹，透露着些许斑驳。两块布条悬挂在店面，上面写着“面”字，虽然字迹略显苍老，却依旧清晰可辨。布条的一边因为常年风吹日晒，已经微微褪色，另一边则因为挂得太久，显得有些皱褶。

面馆内的装潢更加简朴，几张原木色的桌椅排列整齐，桌面上有些微微的划痕，显然是被岁月磨砺过的痕迹。墙上挂着几幅手写的菜单，字体工整，透露出一股朴实的气息。店里的窗户有些年头了，玻璃有些发黄，但透过窗户依稀可以看到街道上繁忙的日常，行人走得匆匆，偶尔有人驻足，可能只是随便望上一眼，或进来点一碗面。木制的桌子上摆着几瓶常见的酱料和几把已经使用得有些磨损的筷子，空气中弥漫着一股混合的香味，是面条的清香和炸酱的油香，是温暖小镇里的老味道。

每次走进这里都能听到门外的铃铛发出的清脆响声，然后是老刘熟悉的声音："来，坐哪儿？"老刘站在窗前，身上穿着一件洗得发白的厨师服，头发打理得整整齐齐。他总是微微弯着腰，脸上挂着温和的笑意。老刘从不急着忙活，只有等顾客坐定，他才慢条斯理地走过去，轻轻递上菜单，随便聊几句。

我来这里吃炸酱面已经有好几天了，每天都是中午时分。老刘总是穿着他的那件厨师服，虽然已经有些发旧，但他穿上之后，脸上总带着一种安定的气质。我一坐下来，老刘便默契地走过来，淡淡一笑："吃什么，炸酱面吗？"他的声音并不高，但能让人感受到一种不急不躁的节奏，仿佛他的世界里从不急躁。

（一）

老刘和爱人的相识始于一个偶然的瞬间——在广

州的越秀公园。那天，阳光透过树叶洒下来，空气里带着湿润的暖意，周围的人来来往往，似乎谁也没有在意那位低着头专心看手机的女孩。她坐在长椅上，眼神温柔，身边的世界就像她的一部分。当时老刘并没有特别注意到她，直到她起身离开，才发现她忘记拿起长椅上的手机。

“靓女，您的手机掉了。”老刘走过去，低声提醒。

女孩愣了一下，抬头看着他，眼睛亮得像夜空中的星星。她笑了笑，接过手机，眼里闪过一丝不好意思：“谢谢。”声音温和。

那一刻，老刘没有太多想法，只是觉得这个女孩似乎与这座繁华的城市格格不入。她轻松的微笑中带着一丝乡土气息。她告诉他，她来自东至，来广州工作。而老刘也只是随口回答：“我也是外地人，刚从陕西过来。”那时，彼此的故事似乎远得可以忽略不计。他们互留了联系方式，接下来的几天，他们偶尔碰面，虽然话不多，但足以让人感受到那份朴实的情谊。后来他们正式恋爱了，之后，他们开始规划未来的生活。

直到有一天，突然她说：“我们一起到我的家乡东至生活吧。那里的生活节奏慢一点，倒是挺适合你这样的人。”他答应了她，跟随她去了东至，一个陌生的地方，开始了新的生活。

他们到东至后就结婚了，县城的生活依旧不容易。

租来的房子小，破旧的墙壁、简陋的厨房，老刘几乎每天都要在外面奔波。妻子在服装店里干着十六个小时的重活，回到家时，双腿僵硬得像木头一样。老刘在饭店后厨里做着同样繁重的工作。两个人没有太多时间在一起，更多的时间是为生活而拼搏。然而，即使生活这么艰难，他们依然能在每一个晚上坐下来，吃一顿简单的饭，聊一聊一天的疲惫。那时候，他们唯一能做的就是相互支撑、互相鼓励。

老刘总是会给她做一些自己的拿手菜，尽管材料简陋，却总能吃出一份温暖。妻子总会笑着夸他：“你做菜还真有一手，将来我们开个店，好不好？”话是这么说，但当时他们的生活重担太沉，对他们来说，开店是一个遥不可及的梦。

没过多久，妻子真的提出：“你做菜做得好，不如自己开个店吧。”她的鼓励让老刘有了动力。虽然心里没底，他决定试着开一家小饭馆。

开业的第一年生意并不好，饭馆始终处于亏损状态。那时，老刘每天忙到脚肿得不像样子，妻子也总是累得不想开口说话。但他们并不抱怨，彼此的默契让他们的合作变得越来越顺利。慢慢地，生意开始有了起色，回头客渐渐多了起来。老刘在厨房里挥汗如雨，妻子负责接待与打扫，生活逐渐有了希望。

几年后，饭馆慢慢有了一些知名度，收益越来越好了。他们不仅买了一辆五菱汽车，也买了一辆摩托车，生活终于有了些许富足感。他们再也不用为了买几斤菜而跑几个菜市场，路上的疲惫减少了，家里的幸福感变强了。

（二）

然而，命运的残酷从不提前告知你。

老刘从未想过那个平凡的冬天竟会带走他心头的一切。

那天傍晚，他依然站在厨房，锅里蒸汽腾腾，热气在寒冷的空气中悄悄升腾。他一边熟练地切菜，一边想着家里的事，像往常一样琐碎却真实。这时，他抬头看了看墙上的钟，已经快七点了，照理说，孩子早就坐在饭桌前等他了。

他的心里涌起一丝不安，立刻扔下手中的刀，走到窗前，站在冷风中眯着眼望向外面。街头一片寂静，只有风从门缝里钻进来，带着一丝刺骨的寒意。天色越来越暗，灯光从街角洒下来，孤单而苍白。

他摇了摇头，心想，孩子肯定是和同学玩去了，是自己想太多了，应该没什么事的。

但随着时间一分一秒地过去，那份不安像一根刺，渐渐扎得老刘有些坐立不安。他拿起手机，拨通了在外采购的妻子的电话。

妻子说没看到孩子，老刘有些急了。

“可能出去玩了。”妻子淡淡地说，似乎并未把这当回事。

可老刘心底的不安越来越强烈，像一块压在胸口的钢铁。儿子不是那种会随便失联的人，他一向自律，尽管偶尔叛逆，可从未做过让家里担心的事。

老刘走到店外，顺手拨通了亲戚朋友的电话，问他们是否见过孩子。一个接一个的电话打出去，然而传来的声音总是平静而陌生，没人知道儿子的去向。

饭馆内的顾客陆续走了，只剩下他一个人站在厨房里，周围一片死寂。厨房里的锅铲声戛然而止，老刘站在那儿，忽然有种想逃避的冲动。他看着那堆未洗的碗，心里却空洞得像被人从内而外抽空了。他知道，事情不对劲。

于是，他打电话报警。

警察到来后，开始询问情况，处理一切。虽然他们神情淡定、言辞平静，可老刘能从每个人的眼里看到那一抹不易察觉的担忧。那一瞬间，他觉得时间像是停滞了，周围的空气像是凝固了，只有他的心跳在无声地加速。

直到第二天警察打来电话，打破了他的所有幻想：“你的儿子出车祸了。”

一刹那，老刘的世界好像被按下了暂停键。

一切都静止了，耳边的声音仿佛从远处传来，他几乎听不清楚。他的心像被一只无形的大手抓住，重重地摔在了地上，四分五裂。他的双腿瞬间软了，整个身体像失去了骨架，无力地站立在那儿。

“出车祸了……”

这几个字像刀子一样扎进了老刘的心脏。

“他骑摩托车被撞，滚下了山坡……”警察的声音冰冷而无情，仿佛一根针刺进了老刘的心脏。

老刘几乎无法思考，脑海一片空白，眼前一片模糊。他低头看着自己那只握着手机的手，感觉它似乎在一点一点地分裂，变得越来越陌生。

老刘和妻子赶到医院，走进 ICU 时，他看到了儿子那张失去生命的脸，冰冷、苍白，没有一丝生气。曾经那张脸是他所有的希望和骄傲，而此刻它已经成了死寂。

老刘站在那儿，似乎失去了力气，眼前的景象就像一场噩梦，无法醒来。他愣在病床旁，泪水在眼眶里打转，却再也挤不出来。他伸出手想要触摸那张冰冷的脸，可手指却停在半空，仿佛触碰到了一层厚重的玻璃，无法接近。突然他明白，这一切已经永远无法挽回。

“怎么会这样？”老刘轻声喃喃，声音沙哑，甚至连他自己都听不清楚。他望着那张熟悉而陌生的面庞，所有记忆在一瞬间被吞噬，曾经所有关于孩子的期待、欢笑和温暖，如今都化作了一缕幽魂，消失在时光的长河里。

失去儿子的老刘仿佛丧失了所有方向。回到家后，他和妻子沉默无言。妻子整日以泪洗面，陷入了无尽的痛苦之中。她的眼泪像无底的深渊，无法停止。而老刘的眼里却没有泪水，只有一片死寂。

他的饭馆，那个曾经温暖的地方，也开始了衰败。他甚至没有心情做饭。锅铲和菜刀在厨房的角落里堆积，等待着一个从不再来的日子。老刘的心早已被扎得千疮百孔，无法拼接回原样。

不久后，妻子被诊断出乳腺癌晚期，治疗两年后，她也离开了老刘。临终时，她虚弱地对他说："这辈子太累了，早点去找儿子吧。"那句话犹如重锤，砸在老刘的心上，直到今天，仍旧回响不止。

（三）

妻子走后，老刘把原来的餐馆改成了面馆。每天，他只是卖面，一碗又一碗，简单的、平静的生活仿佛是他与这个世界的最后连接。面馆变成了他唯一的家，也是他那段孤独时光里唯一的寄托。面馆里的常客越来越多，每个人都知道老刘的拿手菜，甚至在坐下前会习惯性地问一句："炸酱面还是汤面？"这句话成了老刘的问候，成了他和这座城市之间的默契。

"炸酱面还是汤面？"就像一个永远不变的旋律，

在老刘的面馆里重复着。

这些年，他的脸上多了几条细纹，眼角有了些许岁月的痕迹，皮肤下垂的地方好像是时间偷偷带走了他的一部分。他常戴着假发，想遮掩一些什么，但那是遮不住的岁月，像极了他面馆外那棵死气沉沉的老榆树，虽然枝叶葱茏，树皮却裂了，脱落了岁月的痕迹。他总笑着说："人老了，不用躲着，反正都看出来了。"

夜幕降临，面馆里渐渐空了，老刘便默默地坐下，低头看着那只土狗，眼神里藏着温柔。土狗名叫小黑，是他生活中的唯一陪伴。

最初小黑只是一只偶尔出现的流浪狗，站在面馆门口，眼巴巴地看着他，似乎在等一顿肉骨头。小黑全身黝黑，身体瘦弱，似乎是常年风餐露宿的结果。它的毛发乱糟糟的，许多地方已经打结，看起来有些脏乱。尤其它的尾巴，卷曲得像个小圆球，带着几分不合时宜的俏皮。然而，它的眼睛异常明亮，黑得如同深潭般深邃。老刘从不嫌弃它，反而每次看到它都会给它一点剩菜。渐渐地，老刘开始注意到小黑总是在傍晚出现在面馆门口，它的身影仿佛老刘那日复一日生活中的一部分。于是老刘给它起了名字，叫小黑，这个名字简单却充满亲切感，就像他和它之间渐渐建立的那种默契。

"小黑。"老刘常常在忙完手头的事后，低声喊它。这时，小黑就会跑过来，眼睛里满是期待。那时，面馆的灯光昏黄，街道安静，人来人往的喧嚣仿佛远离了这里。老刘会从锅里捞出剩菜，然后切成小块并放在小黑的碗里。每次，小黑吃得很快，吃完后，它会用湿润的鼻子轻轻蹭老刘的腿，像是在表达感谢。老刘笑着摸摸它的头："你这家伙真是饿得快。"

有时候，夜晚显得特别漫长，面馆里没有几个顾客，只剩下锅铲碰撞的声音。每到这时，老刘会坐在柜台后，抚摸着小黑的毛发，眼神变得柔软，仿佛在和它分享自己那些沉默的往事。他不再期待改变什么，也不再希望有什么奇迹发生。小黑的陪伴成了他每天生活中的一种安慰。每当夜晚的孤寂袭来，他就会看着小黑，感受那种无声的陪伴。小黑的眼睛总是那么清澈，它默默地站在老刘身边，给他带来一些温暖。

孤独并不等于寂寞。孤独往往是一种需要自我治愈的状态，寂寞却是无法填补的空白。而小黑像是为老刘填补了这空白的一部分。它不会说话，但它的眼神常常让老刘觉得这世界不再那么冷漠。至少在这间面馆里，在这个寂静的夜晚，他和小黑之间有一种看似简单却深刻的陪伴。

有时老刘会笑自己："你看我这狗，啥都不懂，可比人强，永远不嫌弃我。"每当他说这话时，嘴角上扬，眼睛里却总有些微微的湿润。那不仅是一种情感的释怀，也是一种对生活的温柔态度。他渐渐明白，生命中有些陪伴是无声的，是不需要任何语言来证明的。小黑的忠诚比任何话语都更真实。

每当小黑安静地躺在店里的一角，眼睛半睁着，似乎在等着什么，老刘便会停下手中的活，静静地看着它。有时，他会悄悄问自己："如果有一天它不来了，生活会是怎样的？"虽然他从未直面这个问题，但他知道，在他内心深处，小黑已经不仅仅是一只狗，而是他这段孤独时光里最忠诚的朋友。

"孤独总是不可避免的，但孤独并不一定痛苦。"有时候，老刘会对我说这些话，眼神中带着某种沉静的哲理，"有些人孤独是因为没有人陪伴，有些人孤独却能学会和自己相处。"

他低头看了看小黑，笑了笑："它也陪着我，尽管它不会说话。"那笑容中没有悲伤，只有一种对生活的坦然和接受。他知道，在这个小小的面馆里，尽管没有热闹的亲人，也没有不离不弃的朋友，但小黑的存在足以填补他心中那个永远无法愈合的空洞。

（四）

面馆的一角，靠近厨房的位置，摆着一张年久的象棋台。老刘经营面馆已经多年，除了做面，他的另一爱好便是下象棋。不忙的时候，他就会坐在棋台前，邀请那些常来的老邻居们一同下棋。"赢了我，免单。"

老刘总是带着轻松的语气这么说，而他那一副自信的模样总让人觉得这不过是一个玩笑。

然而，真正敢来挑战他的人并不多。面馆里大部分是来吃饭的客人，谁也不愿在一盘棋上浪费太多时间。偶尔有些年轻人出于好奇，吃完面后便坐下试试自己的棋艺，想着或许能从这位面馆老板那里学到点什么。可惜没几个能拿下他。每一次他们都败得心服口服，老刘总是笑着说："能赢我的人才算得上是高手。"然后，他又会轻松地收起棋盘，继续为客人端碗送面。

然而，有一次事情发生了变化。那天，面馆进来一位外地人，他身形高大，穿着一身运动服，看上去不像来吃面的，更像刚从某个体育馆出来。对方坐下后，直截了当地对老刘说："我听说你棋艺不错，下一局？"

老刘微微一愣，随即点点头："当然，不过，我可不是轻易输的人。"他以为这不过是一次闲聊，便随意地开始了对局。没想到，这一局的节奏远比他想象的要快，也远比他预想的更加激烈。对方棋步极为迅速且精准，几乎没有任何犹豫。每一步都像为某个结果精心设计的。随着对方的步步紧逼，老刘发现自己有些跟不上对方的速度，心情渐渐有些焦躁，他开始注意到对方眼中的冷静和专注，而自己却因为一件面馆里的琐事而分心。每走一步棋，他都能感觉到那份突如其来的压力。

“你这棋下得不行啊。”对方冷冷地说。

老刘心中一紧，脸上却依旧保持着微笑：“我之所以下得慢，是习惯了慢慢思考。”他说话时的语气中带着一丝自嘲，但他的手依旧在棋盘上迅速移动，心中隐隐感觉到了一种巨大的挑战感。

局面越来越紧张，老刘发现自己陷入了对方的陷阱中。棋盘上的形势越来越不利，而那个外地人似乎没有丝毫放松的迹象，反而越来越兴奋。他的眼睛里闪烁着某种疯狂的光芒，仿佛不是在进行一场普通的棋局，而是在进行一场真正的博弈。

最终，老刘输了。那人站起身来，拍了拍老刘的肩膀：“你下得不行。”

老刘沉默片刻，然后缓缓开口：“下棋的关键不在于赢输，而在于你是否能一直保持冷静。”

然而，那人没有理会他，转身离开了，当然，按约定，他没有付面钱。

（五）

老刘的侄子对他特别好，逢年过节总是会来看看他，会给他带点水果，偶尔也会请老刘去自己家里吃饭。老刘说，自己这辈子能有一个像侄子这样的亲戚算是幸运了。

曾经他笑着跟我说："我这辈子没啥特别的，面馆不算啥大生意，就想给侄子留个能吃饭的地方。人活一辈子，总得有点可以让别人靠的东西。"其实话里话外全是对于家庭的期盼和对于生活的淡然。

"侄子倒是不错，没忘了我。以后，面馆就留给他了。"他一边收拾桌子，一边说，眼睛盯着窗外，似乎在想什么。听到这话，店里突然安静了，就连锅里的轰油声都小了一些。

面馆成了镇上某些人的家，每到节假日，几乎都能看到单身小伙子进来，站在前台笑着点碗面，老刘也总是笑眯眯地招呼他们，说："你们吃点啥？还是炸酱面？"

每年大年三十，他都会坐在厨房里，等着那些孤单的年轻人来过年。他觉得，生活能给予的最温暖的就是陪伴。有一个小男孩连续两年在他家过年，前不久去浙江工作了，还特意发了条信息来感谢他。老刘拿着手机，笑了笑："人都长大了，也不再在这儿待着了，发个消息就算是个心意。孩子们也得有自己的生活。"

老刘觉得，做这些事没什么特别的，就是人活着便需要一些地方去安放自己的心。他时常说："人活着就是要给别人一点温暖，让别人也觉得这世界还好。"

“我看过新闻里有些面馆贴了告示，‘有困难的可以先吃，吃了就走，不用付钱’，可是我贴了半年，没见着有谁真的来。”老刘笑了笑，那笑容里带着一丝淡淡苦涩，“不过，倒也没关系，至少这段时间里，我做了些自己能做的事，给予那些需要的人点温暖。”

他不指望什么伟大的回报。他知道，大多数时候，生活是在无声无息中流逝的。那些他深深爱过的人已经不在他身边，但他依然有力量在这个小小的面馆里守护着一些东西，守护着那些他所能给予的温暖。

也许，他能做到的只是让年轻人吃上一碗热面，感受到一点点家的温暖。

在这个小小的面馆里，老刘找到了属于自己的节奏——做面、接待客人、养狗，虽然生活简单，但很充实。他觉得，自己在这片热气腾腾的面香中找到了一种归属感。或许，未来的某一天，当他老去时，这些熟悉的面容和味道依旧会陪着他，一直到最后。

福林的一生

农村的老人，尤其贫穷家庭的老人，在生命的最后时光往往活得不如意。但是回顾他们的一生，你会看到生命庸常中的韧性。

（一）

福林是双田村里的一位老人，今年 90 岁了。他居住在山腰的老房子里。这座房子年代久远，墙面被岁月的痕迹所侵蚀，窗棂已经腐朽，空气中弥漫着湿润木材和陈旧泥土的味道。周围是无边的山林，宁静的环境仿佛与外界的喧嚣格格不入。然而，福林并未感受到丝毫的安宁。他已卧病在床两年，身体渐渐失去了往日的活力。生活在这座简陋的房子里，福林日复一日地挣扎在病痛与孤单之间。

几年前，福林患上了高血压、心脏病等疾病，导致血液循环不畅，血压控制失衡，最终引发了中风。中风使他失去了行走能力，就连站起来的力气都没有。经过长时间的卧床，福林的肌肉逐渐萎缩，关节的灵活性也大大降低。医生提醒过他，长期卧床不动容易产生褥疮，福林不得不吃力地翻身，但即便如此，体力和精力早已不再支撑他去与身体的病痛做斗争。

他面容消瘦，皮肤干燥粗糙，岁月在他的脸上刻下了许多深深的皱纹，嘴角也因长期卧床的痛苦而微微下垂。眼睛深陷，眼袋显得尤为明显，视线常常模糊不清，仿佛连看世界的力气都没有了。他的双腿已经完全失去了活动能力，只能任由被褥覆盖，几乎没有机会再见到日常的阳光。每次他想要移动都会感到无比的沉重和乏力，甚至连翻身都成了一种奢望。病痛的折磨与长时间的静卧使得福林的心情时常低落，他的目光变得空洞，仿佛对周围的世界失去了兴趣。

卧病在床的老年人通常会面临两大痛苦：一是身体上的痛楚，二是心理上的空虚。福林的病情让他无法再像年轻时那样下地干活，无法再像往常一样随心所欲地走动。他感觉自己被生活压垮了，身体像一座无法再动的废墟，灵魂被长期的病痛和孤独压得喘不过气来。对于一个从年轻时就习惯劳作的农村人来说，病床上的日子无疑极其煎熬，尤其对于福林这样历经了战争、贫困、饥饿的老者，他的生命几乎就是一段与生死搏斗的历史。现在，病痛如同无情的锁链，束缚着他的每一寸自由。

在农村，像福林这样的卧病老人往往会被社会遗忘，他们的亲人忙于自己的生活，渐渐疏忽了曾经的照料与陪伴。福林有两个儿子和一个女儿，他们各自有着自己的家庭和生活，并没有足够的时间去照顾他，甚至连最基本的关怀也变得稀少。虽然大儿子和二儿子常常说要去看望父亲，却总是因为工作繁忙而推迟。女儿住在县城，虽然距离近，但她也并未频繁探望父亲，他们都各出一部分钱给隔壁邻居，请邻居每天给福林送点吃的。

（二）

福林的童年是在饥饿、战争和动荡中度过的。1934 年，他出生在一个贫苦的农民家庭，家里有父母和几个兄弟姐妹。福林出生的年代正是最为动荡的时期之一。民国政府腐败无力，外有侵略者，内有战乱，百姓的生活几乎谈不上安稳。

那时的中国，贫困和战乱如影随形，农村的生活尤其艰苦。福林的家里连一张完整的桌子都没有，吃饭的碗也是破得离谱。家里唯一的家具就是一张破旧的木床，床下堆着从四处收集来的干草和破布，用来当作冬天取暖的物品。福林和他的兄弟姐妹们几乎每个月都有几天连饭都吃不饱的日子。有时，福林和家人只能吃些地里刚刚挖来的红薯或芋头，谷子是不够吃的，常常是煮一些草根野菜，味道苦涩，口感粗糙。家里的老母鸡总是成了“宝”，每到过年时才能杀来吃上一顿，至于年节的食物大多数只是一小碗米饭和一小盘咸菜。

福林的童年最深刻的记忆就是饥饿。吃饱是每天的主线任务。村里的孩子们没有什么玩具，唯一的娱乐就是在田间、山野间穿梭，寻找能填饱肚子的食物。那个年代，孩子们玩得最多的竟是捉蚂蚱、抓蝴蝶，或者去山坡上采摘野果。那些野果酸涩得让人无法忍受。特别是山楂，生得又小又硬，吃上一口，嘴里全是酸味，喉咙像是被撕裂了一般。还有一种红果，硬得像石子，咬破时带着一股苦涩，咽下去时心里满是难过。但即便如此，孩童时的福林仍然心满意足，因为那一口苦涩的果子至少能让空荡荡的肚子暂时得到一点安慰。

在福林眼里，吃饭不仅仅是填饱肚子的问题，而是生命中最重要的事情。家里总是缺少粮食，父母总是操劳不停，甚至到了晚上，福林能听到父亲的叹息声。父母常常挂在嘴边的一句话就是：“今天能吃上一顿饭，能撑过这一天，就不错了。”这句话像烙印一样深深印在福林的心里。那时候，他看着母亲在烈日下挥洒汗水，手里拿着锄头，日复一日地在田里劳作。家里永远缺衣少食，每天母亲不仅要下地干农活，还要在忙碌的间隙把家里的柴火做足、饭菜做好，哪怕饭量少得可怜。即使如此，母亲的脸上从不显得焦虑，她总是默默地忙碌，用她那双坚韧的手守护着这个家。

有一件事福林记得特别清楚。那是一个风和日丽的傍晚，天快黑了，母亲还没回家。福林依然像往常一样在院子里和兄弟姐妹玩耍，母亲可能又在田里忙着收割。父亲找了好久，最后终于赶到田间，却看到母亲躺在田埂边，脸色苍白。原来，因为一整天没吃饭，母亲已经饿得昏了过去。福林回忆起当时的情景，心里一阵阵抽痛。他看到父亲弯腰抱起母亲，那一瞬间，父亲的脸上显现出久违的柔情。母亲醒来后，轻轻低下头，没有说什么话，只是拍拍福林的肩膀，笑着说：“没事，没事。”

小福林没有再多问。那一刻，他似乎懂得了生存的艰难，懂得了父母为了家庭做出的巨大牺牲。在他心里，母亲那双坚韧的手永远都在为这个家而辛勤地劳作，即使她的身体已经撑不下去，但她依旧咬牙坚持着。

（三）

关于童年，最深刻的记忆莫过于日本侵略者闯入家乡时的恐慌。福林记得那是一个烈日炎炎的午后，突然村里有消息传来，说日本兵已经逼近。村里的大人们立刻变得紧张，纷纷开始准备藏匿。村子四周的山脉成了天然的屏障，但也让大家感到更加危险，害怕敌人会从远处包围过来。

日本兵拿着枪快到村口时，村里的男人们赶紧带着孩子和老人藏进了后山的地道。这些地道是当年战争爆发后，村民为了躲避战火和敌人的追捕，在山里用铁锹和木棒手工挖掘的。虽然地道幽深曲折，黑暗潮湿，但成了生命的最后一道屏障。小福林和其他村民一起躲藏在地道里，听着外面的枪声和爆炸声，谁都不敢出声，仿佛一出声就会引来灾难。每当夜幕降临，村民们才悄悄返回家中，仔细搜寻那些未被日本兵抢走的食物和粮食。有时，福林和父母会偷偷到田地里去翻找被遗落的粮食，哪怕是掉在泥地里的米粒，也能吃上一小口，实在珍贵至极。

那时候，小福林听大人们讲，敌人不仅抢粮食，还做出了无法想象的暴行。有一次，村里的老农目睹了日本兵闯入村里，先是把一个家里的女人糟蹋了，接着往男人身上砍了一刀，整个村子人人自危。那时虽然福林年纪尚小，却也能感受到空气中的恐惧与愤怒。他总是看见父母神色紧张，抱着他们兄妹几个往后山躲。

记忆里，还有一次，日本兵走后，福林偷偷溜进村边的竹林，捡到了一些日本兵丢下的饼屑和米饭，那时，他兴奋得像捡到了至宝。回家后，他把捡到的食物递给母亲，母亲看了看那饼屑，脸色骤变，赶紧将其收起来，不让福林再去拾捡。福林也不知道为什么，直到长大后，才懂得那些饼屑与米饭的来源，才明白那是敌人残酷的象征。

（四）

抗日战争胜利后，风尘仆仆的国民政府为了巩固战后政权，开始了大规模征兵。福林刚 10 岁出头，那时的他像大多数农村孩子一样瘦弱，本来他是不用当兵的，但是整个村子没多少青壮年，于是他也被登记要去当兵。说是登记，实际就是抓壮丁。那时候，每家每户几乎都能听到类似的消息：“今天，哪家的小子被抓去当兵了。”

那时的抓壮丁可不像今天的征兵那么简单和体面，几乎就是一种强制性的集结。征兵队伍由地方军阀或民兵带头，他们像一股暴风骤雨冲进了村子，不分昼夜地寻找符合年龄的壮劳力。

那个时候，家家户户只能依靠这种艰苦的劳作来维持生计，几乎没有人能摆脱这场命运的安排。福林的父亲是一个性格温和的农民，曾试图用一些小聪明想避免儿子被抓，比如拼命拖延、找关系送粮食，但这些在国民政府的征兵队面前根本不起作用。

征兵队的人来了，挨家挨户地敲门，几乎没有什么商量的余地。那时候的福林根本不懂战争是什么，甚至没有听说过什么是前线。在福林的记忆中，带头征兵的军官总是穿着破旧的军装，脸上没有一丝温度。他们像驱赶牲畜一样从每家每户中将青年拖出来，然后毫不留情地带走。

福林被强行从家中带走时，他的父母没有办法反抗，只能眼睁睁地看着他们的儿子被拖进那辆满是尘土、味道刺鼻的卡车里。福林的心中充满了无奈与恐惧，他像一只被困住的小鸟，根本没有逃脱的机会

福林很快便进入了军营。刚到军营时，几乎没有一天能让他吃得饱，他变得十分瘦弱。那些来自大城市的青年穿着崭新的军装，腰背挺得直直的，眼中闪烁着骄傲与自信；而他身穿破旧的农民衣裳，脸色苍白，眼中充满了不安与恐惧。他走的每一步仿佛都在提醒自己：这里并不属于自己。

军营的日常生活比他想象中的更为残酷。清晨的号角声刺破了黑夜，士兵们被强迫起床，快速集合。即使天气寒冷，也没有人允许他们多休息一会儿。每天的体能训练紧张得让人喘不过气。福林记得，每天

早上太阳还未升起，军营内便开始了忙碌。号角一响，士兵们便如同机械般开始了清晨的跑步训练。那些在前线战斗过的老兵脸上没有一丝表情，步伐铿锵有力，早已习惯了这种生死攸关的节奏。而他每跑一步都像在逼迫自己死去，肚子空空，双腿如铅块般沉重。他几次因为体力不支而跌倒在地，膝盖擦破了皮，鲜血顺着裤脚流下来，但他只能咬牙站起来，继续前行。

“起来，废物！”旁边的老兵总是这样训斥他。

每当福林跌倒，身边的士兵们就会冷冷地看着他，甚至有的会不屑地嘲笑他。每一次，他的心都如同沉入冰窖，手脚冰冷。周围的世界仿佛全都远离了他，只有那张苍白的脸和压抑的气息。他的内心充满了挣扎，却又无法停下，哪怕每一秒钟都像对自己生死的叩问。

训练的强度逐渐加大，不仅是体力上的煎熬，还有精神上的压迫。每天下午，士兵们还要进行射击训练，福林站在队伍里，双手紧握着沉重的步枪，仿佛握住的不是武器，而是自己即将迎接的死亡。枪声不断，火药味弥漫。每一声枪响都让他的心脏猛地跳动，仿佛它随时会在这杀戮中停跳。

几天后，福林终于被派往前线。那一刻，他的心猛然一沉。他知道，真正的恐怖才刚刚开始。前线和训练营完全不同。那里没有规律的作息和训练的号角声，只有残酷的战斗和死寂的硝烟。刚踏上战场，福林便看到了不同于他想象中的战争：那既不是英雄的血战，也不是荣耀的背后，而是一个满目疮痍、尸横遍野的地狱。

前线的景象让福林几乎晕厥。炮火轰鸣，爆炸声不断，四周的空气仿佛被撕裂了，地面一片焦土，空气中弥漫着火药与腐败的气味。福林望着满目疮痍的土地，整个人仿佛被压得喘不过气来。那些原本雄壮的年轻士兵一个个变得麻木，眼神空洞。他们在炮火中穿梭，步伐机械，仿佛失去了生命的意义。

战斗开始后，福林才彻底明白什么才是真正的恐惧。前线的战场不是英雄的舞台，而是地狱的入口。敌我双方在血与火中拼杀，每一秒钟都充满了生死抉择。福林看见身边的一名战友在激烈的枪战中被敌人击中，倒在了血泊中，眼睛睁得大大的，死不瞑目。那一刻，福林的世界彻底崩塌了。

每当抬头看到飞过的子弹和不断爆炸的炮火，他的内心便深深地恐惧着。在战场的混乱中，他不再是那个在村子里无忧无虑的少年，而是一个在死亡边缘踟蹰的幽灵。

在一个战斗停火的夜晚，军营内的士兵都在睡觉，福林悄悄脱下自己的军服，蹑手蹑脚像个逃亡的囚犯一样溜出了军营。他没有犹豫，没有退缩，而是凭着那股对生的渴望，匆忙地向家里跑去。

至今，福林对于那段逃跑的日子记忆犹新。他记得夜色深沉，月光如水，自己小心翼翼地穿行在不熟悉的山林小道上。逃跑的过程极其艰难，疲惫的身体几乎支撑不住他前进的步伐，脚上被荆棘划破，衣服沾满泥土。但他心里只有一个念头：逃回家，回到那片熟悉的土地。

福林跑了整整三天三夜，直到快要筋疲力尽时，才终于回到了村子。那时，他没有时间再去考虑什么后果，只是用尽最后一丝力气，带着一身狼狈回到了家中。回到家后，福林跪倒在父母面前，泪流满面，浑身疲惫。

（五）

王老爷家坐落在村边的一座大宅院里，那是一座典型的富裕家庭的庭院，宽敞的院落里栽满了松树、桂花树和梅花树，周围墙壁高大，白色的石灰墙让整个院子看起来富丽堂皇。宅院的大门被精雕细琢的木门框着，门前有两只大石狮子，威风凛凛，是地主家身份的象征。院子里有两座厢房，一座是用来招待客人的，一座是王老爷家人的起居空间，厅堂宽大，家具繁复华丽，桌椅上铺着象牙白的绸缎，墙上挂满了古老的字画，走进屋内，总有一种不真实的奢华感。

秀儿小姐的房间坐落在宅院的东厢，窗外有一片小花园，春天时，花儿竞相开放，温暖的阳光透过藤架洒进房间。她的房间被布置得典雅清新，屋内有一张雕花木床和几张古式书桌椅，墙角堆着书本和古籍，她的日常生活几乎围绕着这些书籍。秀儿是家里唯一的女儿，从小便受到了父亲的宠爱和重视，王老爷特地请了先生来教她四书五经，秀儿不仅通晓诗词歌赋，还擅长绘画和刺绣。

她的日常生活是典型的地主家小姐的生活。每当清晨的第一缕阳光透过窗帘洒进房间，秀儿便从床上坐起，穿上自己精心挑选的衣裳，细心整理发髻，带着优雅的姿态开始新的一天。她的衣着常常是色调柔和的绸缎或细布，虽然简单，却透露着贵族气质，完美地衬托了她的气质。每天她最喜爱的活动便是读书与写字，尤其钟情于唐诗宋词。她的书房窗明几净，窗前的古木桌旁摆放着精致的文房四宝。每次坐在桌前，秀儿便会拿起毛笔，纤纤玉手蘸墨，一笔一画写下那些古人的诗句。她的笔迹优雅、流畅，仿佛诗意也随着墨水流淌。

福林记得，秀儿总是这样静静地坐着，目光专注于手中的书卷或墨迹，时而轻声吟诵。偶尔她会停下笔，抬起头，微微一笑，目光穿过窗外的竹林与花草，似乎与整个世界隔绝，仿佛她并不属于这个喧嚣的乡村，而是生活在另一个悠远的、充满诗意的天地里。

起初，福林在地主家做长工，偶然与秀儿相遇。那时的福林年纪尚轻，刚刚步入17岁，瘦弱的身体在地主家庞大的庄园里几乎不显眼。他做的主要是粗重的活——砍柴、烧火、扫院、搬水，这些活常常是阳光暴晒下的体力劳动。每天清晨天未亮福林就起床，第一件事便是去池塘打水，然后烧火做饭。一天的工作充满着灰尘和汗水，泥土味和柴火味交织在一起，成了他生活中不可分割的一部分。

在地主家，福林的生活节奏几乎是由那些沉重的农活主导的，特别是在农忙季节，他需要日复一日地在田间地头劳作。每次去地里工作时，他总是拖着疲惫的身躯，跟着一群庄稼汉弯着腰挥汗如雨，手中握着镰刀，割稻、割麦，脸上总是挂着被烈日晒出的褐色，身上的汗水和泥土混成一片。

有一次给王老爷砍柴时，秀儿小姐来问福林："每天做这么多活，累吗？"秀儿给福林送了一块饼吃。这是他与秀儿的第一次接触，此后每次看到秀儿，福林仍然恭敬地点头，脸上带着怯懦羞涩。

（六）

后来，随着一系列土地改革政策的实施，将过去依赖地主土地的贫苦农民解救出来。福林的家终于不再依附他人，他和家人也获得了几亩属于自己的田地，虽然耕作依然艰难，但至少不再为生计而挣扎于他人的土地上。

虽然福林家分到的几亩地不多，却成了他的希望。那些曾经深夜梦想着“做地主”的日子似乎成了过去式，新的社会给了他些许依靠。那时，公平的土地分配让农民能重新站稳脚跟。土地改革也彻底改变了许多地主的生活。福林曾为之一度效力的王老爷家也在这场历史的变革中彻底沉寂了。

分到土地后，福林就没在王老爷家做长工了，也没有了秀儿的消息。

直到某一天，一个在王老爷家做过工的用人来问福林要不要娶老婆，王老爷家的秀儿正是适婚年龄。一时间，福林愣住了，自己怎么会与这位书香门第的小姐产生如此的联系呢？他赶紧回家与父母商量，父母请李婶去说媒，最终，他们结成了这桩姻缘。

福林与秀儿的婚礼简朴而温馨。两人在家乡的村口简单拜了堂，吃了一顿家常便饭，就算完成了所有仪式。对于福林而言，秀儿是高高在上的存在，自己只是一个普通的农家孩子。秀儿来自书香世家，家里有书卷气，读过私塾，能写诗、能做女工，而福林大字不识，甚至连算盘都不敢轻易触碰。这种差距让福林心里既有自卑，也有深深的感激，感激命运把她带到自己身边。婚后，虽然秀儿放下了往日的娇贵，但依旧没有放弃对文化和教育的热爱。每当福林空闲下来，她就会教他一些简单的字，福林听得认真，虽然他总是字迹潦草，但那份求知的渴望从未消减。

虽然福林和秀儿的日子简朴，却充满了生活的希望。每天两人都在田里劳作，早出晚归。田间的汗水和土地的耕耘是他们共同的奋斗。福林常年握着镰刀和锄头，手掌粗糙，皮肤晒得黝黑，身上总有割不完的痕迹。每次早晨，他都会早早起床，带着工具去田间，开始新一天的劳作；每到傍晚，秀儿便会在家里做饭，等待着他带着疲惫回家。福林的肩膀日渐宽厚，背影也越来越沉稳。土地给予了他们食物，也教会了他们什么叫坚持。

秀儿的大部分时间在家操持家务，忙着做饭洗衣，到了春耕秋收之际，她也会到田里帮忙。虽然秀儿的手细腻，但多年耕作与家务的劳作让她的双手变得有些粗糙，胳膊上也有了结实的肌肉。她总是耐心地听着福林说话，尽管日子艰难，但秀儿从未抱怨过，只是常在田地间，低声对福林说："如果收成好，我们就去集市买布，做几件新衣服，咱俩也不至于总是穿着这破布。"福林总会笑着点头："你喜欢旗袍，我给你做一件，咱们慢慢攒，日子会好起来的。"

然而，福林深知，他对秀儿有着深深的愧疚。秀儿才 18 岁时，便从一个生活优渥的地主家小姐变成了贫穷农家妇女。她不再是那位锦衣玉食、无忧无虑的姑娘，而是早出晚归、操劳不停的妻子。秀儿曾经是大家闺秀，她在家里那座大院里过的是温文尔雅的日子，父母疼爱，她从未想过有一天自己会在这片贫瘠的土地上，起早摸黑地干农活。她的母亲在她出嫁前不久去世，秀儿从一个有母亲的姑娘变成了没有母亲的孩子。记得秀儿曾经在婚礼前偷偷流过眼泪，她悄悄对福林说："娘走得太早，我好想她。"福林只是安静地握住她的手，知道她有无尽的忧伤，却什么也说不出来。她的母亲在她心里留有深深的烙印，那是一位温柔贤淑的女人，是秀儿所有记忆中最温暖的依靠。

婚后的生活里，每天秀儿都要到水井打水、挑水。那口井离家有两里地远，每当她挑着沉重的水桶回家时，肩膀上总是被压得通红。木桶的绳子不断摩擦着她的皮肤，走的每一步都显得那么艰难。尤其在白天去地里干活之后，秀儿常常觉得疲惫至极，到了晚上，双脚就会开始抽筋，一动就剧烈疼痛，她常常躺在床上翻来覆去，很久才能入睡。每当夜深人静，福林看到她双眼带着些许疲惫，便轻声问她："要不要休息一下？"秀儿总是微笑着摇摇头说："我没事。"

那些日子，秀儿从未抱怨过，她把一切苦和难都埋在心底。她常常坐在床边，盯着母亲的照片发呆。照片里，母亲穿着素净的衣裳，笑容温和，那是她最怀念的模样。

（七）

婚后的第二年，他们迎来了大金的出生。那一刻，福林的心情复杂，既有幸福的甜蜜，又充满了对未来的焦虑。大金的到来为这个简单的家庭增添了更多责任，意味着不仅仅是自己的饭碗，还有孩子的未来。福林开始更加拼命地耕作，但他知道，从此，生活的重担加倍沉重。大金时常生病，福林每次听到他发烧咳嗽的声音，心里便会紧张不已。家里没有积蓄，治疗孩子的病常常是用粮食换来的，每次大金生病了，他们便会赶到郎中那里，用一些米换药。福林回忆，那时每一次看病几乎都是在心中默数着家里的粮食，担心自己撑不下去。每当孩子生病，福林和秀儿只能咬紧牙关，忍着饥饿，祈祷病痛能早点过去。

后来，二儿子有金也出生了，孩子们的到来让福林的日子更为充实，但也增加了许多烦恼。随着大金和有金渐渐长大，他们不再是那个什么都不懂的小孩，调皮捣蛋的性格开始展现，两兄弟常常在田间或村头上惹是生非，回家总是有一堆故事。

最让福林头疼的是有一段时间大金和有金常常偷摘生产队的黄瓜和西红柿。每次出事，福林总是被队长叫去批评。一开始，福林心里焦急，不知道怎么处理，脸上带着无奈和愧疚，在队长面前也感到抬不起头来。可每次他回到家，孩子们总会死不承认，理直气壮地辩解："那是我们的地，怎么能叫偷？"福林尽力耐心教育他们："做人要诚实，做事要守规矩，偷东西是不对的。"尽管如此，两个儿子总是像练就了"死不认错"的本领，闹得福林每次在队长面前显得无言以对。

夏天的傍晚，大金和有金会去河塘里捉虾捞鱼，然而这一次，兄弟俩捉到了虾后，还去争夺别家小孩的捞鱼区域。结果两兄弟和别的小孩发生了争执，把别家小孩打哭了。秀儿焦头烂额地赶过去道歉，孩子们才算勉强消停。每当看到两个孩子这般调皮捣蛋，福林总是叹气："以他们这性子，不学好的话，怕是以后要吃不少苦头。"

大金和有金的学习成绩一直不好，放学后，他们常常跑到田地里去捉鸟、捕蝉，或者用弹弓打一些小动物。他们没能完成小学学业，辍学后，更多时间被投入田地和家务里。对于当时的农村家庭而言，早早辍学并不意味着没有希望，而是意味着能更早承担家庭的重担。大金和有金的日常任务包括挑水、喂猪、捡柴火、拔草等杂活，尤其在农忙时节，他们也会帮忙做一些体力活，虽然这部分劳动不被正式计算为工分，但是家庭维持生计不可或缺的一部分。

在农忙季节，尤其春耕秋收时，大金和有金会在父母的引导下，学一些简单的农耕技术，如扶苗、除草、捉害虫等。虽然这些工作艰辛，但比起从前只在家里做些杂活，他们的劳动渐渐为家庭带来了更多收入。

尽管他们还没满16岁，不能像成年人那样在生产队中挣全部工分，但他们的劳动为家庭减轻了很多负担，每天大金和有金分别挣4个工分，当时福林挣10个工分，秀儿挣7.5个工分。大金和有金参与的小工活不仅帮助父母节省了劳力成本，还让家里的农田能够得到更精细的管理。特别是在收获季节，他们帮助捡拾农田里的稻谷、玉米、红薯等，不仅能够减少父母的劳动强度，还能够让福林和秀儿腾出更多时间来整理粮食、做饭、照顾家里。

有一次，大金和有金在林子里玩耍，发现有个人偷砍了一株杉树，他们便义愤填膺地去告诉了生产队长，这件事造成了不小的轰动。队长亲自带领几个人去找出真相。整个生产队人马齐齐出动，紧张的气氛弥漫在整个村子。最终，他们找到了那个人，那是一个瘦弱的中年男人，找到时，他手里还拿着一把锯子，满脸的慌张和愧疚。

原来，这个男人名叫老王，是村里的一户贫困人家。他家里人口多，床板破旧，已经无法继续使用。冬天的寒冷让全家人夜不能寐，睡在地上也只能忍耐着凛冽的寒风。无奈之下，老王决定偷偷砍伐一棵树，用它做床板，想给家人带来一丝温暖。只是，他没想到，这一举动会引来如此大的麻烦。

随着调查的深入，队长决定对老王进行处罚——年底时，他家的粮食分配将被扣除一半。这是村里惯常的处罚方式，虽然相对公平，但每个村民的心里都明白这样的处罚意味着什么。生活已经如此艰难，再少一半的粮食，意味着更多的贫困和更大的压力。因为这起事件，老王和福林家发生了巨大变化，曾经的和睦邻里瞬间成为不再说话的陌生人。

福林总是不断地反思：究竟什么才是对，什么才是错？

他无从回答这个问题。是该站在集体的角度去看待，还是从个人的困境中去理解？也许本就不需要去思考。

其实，在有金出生后的几年，福林和秀儿又迎来了一个女儿，名叫冬梅。冬梅的到来给这个本就贫困的家庭带来了一丝温暖和希望。然而，命运似乎并未待他们安稳太久。冬梅 3 岁那年，突然高烧不退。秀儿焦急地抱着小冬梅去找村里的医生，那个年代，农村的医疗资源极为匮乏，村里医生的医术也仅限于一些常见病的简单治疗。医生给冬梅开了些药打了针，并告诉秀儿多喝水、注意保暖，但冬梅的病情并未得到有效控制。

几个小时后，冬梅变得昏迷不醒，秀儿急得像热锅上的蚂蚁，却依旧无能为力。福林听到消息后，立即赶去，却为时已晚。最终冬梅因高烧未能熬过夜，安静地去世了。

冬梅的去世对秀儿的打击可想而知。那几天，秀儿几乎一言不发，整个人陷入深深的绝望与痛苦之中。她无法理解命运为何如此不公，给她带来了无尽的苦难。她常常在夜深人静时，独自站在冬梅空荡荡的摇篮前，眼中充满了悲伤与茫然。福林看着痛苦的她，却什么也说不出来。这个沉默寡言的男人也在内心深处承受着巨大的痛苦和无力感。

在那个年代，失去孩子不会像现在一样受到过多的关注和同情。村里的人可能小声议论几句，但更多的是冷冷清清的眼神，或者默默的同情，仿佛失去孩子只是命运的安排，谁也无力改变。福林和秀儿只能在深夜里相对无言，偶尔相互安慰，告诉自己：“生活还得继续。”然而，内心深处的伤痛却难以愈合。

这段痛苦的日子持续了整整三年，直到春华的到来。春华的出生犹如一道曙光，给福林和秀儿带来了许久未曾感受到的安慰与希望。春华是冬梅未能长大的生命延续，她的到来让福林和秀儿感到无比欣慰。福林抱着春华，心中充满了柔情和温暖。看着小小的生命在自己怀中安然入睡，他仿佛能感受到一种从未有过的宽慰，一切失落和痛苦似乎因春华的降临而得到了释然。

时间慢慢走，三个孩子也逐渐长大。

（八）

据福林回忆，在大金、有金和春华的童年，最让人期待的时刻莫过于文艺宣传队下乡表演和露天电影放映的夜晚了。

文艺宣传队下乡的那几天，整个村子像过年一样热闹。村口的空地上会搭起一个简陋的木台，台子四周用竹竿和稻草垒成围墙，灯光昏黄，却充满了仪式感。队员们穿着朴素却整齐的演出服，有时候唱高亢的革命歌曲，有时候表演黄梅戏，有时候表演幽默的快板书或者生动的小品。每次舞台上传来响亮的锣鼓声，大金和有金都会兴奋地挤到前排，仰着头，目不转睛地盯着舞台上的人。春华年纪小，挤不过人群，福林总会抱着她，让她坐在自己肩膀上，兴致勃勃地指着台上的演员，不时地咯咯笑出声。

宣传队表演结束时，总会有一首歌引起全场大合唱。村民们跟着旋律齐声唱着《东方红》或《社会主义好》，声音穿透夜空，就连远处的山头都能听到村民那种发自心底的热情。那一刻，福林看着孩子们脸上的笑容，仿佛能感受到一种久违的轻松和满足。

此外，播放露天电影的晚上更是全村人共同的盛宴。福林清楚地记得，队里的放映机一到村里，消息就会像长了翅膀一样传开。家家户户的孩子开始抢着搬凳子、捡石头，找最好的位置坐下。村里的空地上渐渐坐满了人，前排是孩子们，后排是大人，甚至有老人拄着拐杖站在最后面。

每当这时，福林会带着大金、有金和春华，一人搬一个小板凳，早早地占好位子。夜幕降临，放映员把白布高高挂起，调试机器，光束射向屏幕的那一刻，孩子们发出一阵欢呼。那些年播放最多的是《铁道游击队》。电影里的英雄人物让孩子们目不转睛，每到惊险的情节，他们便不由自主地屏住呼吸；而当看到游击队员们与敌人斗智斗勇时，孩子们甚至会情不自禁地挥舞小拳头，悄悄为英雄们加油。

电影放到一半时，春华总是靠在福林的怀里打起瞌睡，而有金则会偷偷伸手去捡地上的瓜子壳啃一啃。福林看着孩子们认真的模样，心里既满足，又酸楚。满足的是这样的夜晚能够暂时让他们忘记日常的劳累和贫困，酸楚的是他知道孩子们的日子远远谈不上轻松，他们需要面对的是更多的不确定和生活的艰难。

散场后，村民们三三两两地往回走，空地上只剩下一些孩子留下的碎瓜子壳和薄薄的一层尘土。福林把孩子们一个个喊回来，叮嘱他们收拾板凳，一边走，一边嘱咐："明天还是早些起，别耽误地里的活。"

那样的夜晚简单而充满烟火气，成为大金、有金和春华童年中不可磨灭的记忆。对于福林来说，这些时刻不仅是孩子们的美好回忆，也是那个时代最朴素、最真实的幸福缩影。

（九）

在福林的记忆中，女儿春华一直是家里的小棉袄，她勤快懂事，贴心温暖。小时候的春华总是围着大人转悠，像一只活泼的小麻雀。冬天的夜晚，寒风呼啸，家里点着昏黄的油灯，或者生一堆火。大人们围坐在火堆旁聊家长里短，讲革命故事或者传统神话时，春华总是凑得最近，眼睛亮亮的，生怕漏掉一个字。她听故事时，总是咬着手指，时而皱眉，时而开怀大笑，听到英雄牺牲或悲伤的情节时，小嘴一瘪，眼眶红了，连一旁的福林也被她的情绪所感染。

到了夏天，白天的农活结束后，晚上，村里的大人们会聚在一起打牌。春华总是趴在福林的腿上，歪着脑袋看牌局。虽然她看不懂，但仍然看得津津有味。有时候，她还会学着大人的模样，抓起一副旧扑克牌摆弄两下，然后自顾自地笑起来。每当福林赢了牌局，春华便会像个小功臣一样大声欢呼，仿佛自己也立了大功。

福林家门口有棵枣树，那是家里的宝贝，每年夏天，枝头挂满了红透的枣子。春华总是守在树下，生怕别人偷走这份难得的收成。每到枣子成熟，她便拿起竹竿，一下一下地打下枣子，放进她早已准备好的碗里。每一颗枣子她都小心分配，大哥两颗，二哥两颗，爷一颗，妈一颗，家里人都听她的，都很宠她。她最喜欢的是将枣子放在火堆上烤。枣皮微微焦黑，香气四溢，整个院子弥漫着温暖的味道。那时，家里人围坐一圈，边吃边笑，那种平凡的幸福是那些日子里最温暖的记忆。

到了秋天，春华和哥哥们一起爬上树摘下最红的枣子，晒干存储，过年的时候，枣干成了家里最珍贵的美味。每一颗枣都带着家人的爱和温暖，成了岁月中永不褪色的味道。

春华是一个温柔而又能干的姑娘，晚上时总是主动给福林捶背，福林一天的疲惫仿佛在春华的几下轻柔捶打中烟消云散。有时，她还会给秀儿梳头，用细致的手法把母亲的白发一根根梳理顺畅，再编成一条整齐的辫子。春华总是说："妈妈的头发像麻花一样。"秀儿笑着嗔她："嘴这么甜呢，想要吃的了吧？"

春华渐渐长大，到了 18 岁，福林和秀儿开始为她的婚事做打算。那时候的婚姻往往是家庭经济的一个重要安排。福林和秀儿在村里打听，终于找到了一个在镇上开小商店的年轻人家。虽然这个男孩家境并不富裕，但人品老实，勤劳可靠，是个踏实肯干的好人。福林和秀儿对他非常满意，觉得春华嫁给他，将来可以有一个安稳的生活。

婚事的筹备并不容易，经过商议，福林与对方达成了协议，春华的彩礼定为 800 块钱和三担谷子。这 800 块钱和三担谷子也帮助大金和有金顺利娶了媳妇。福林和秀儿的家庭终于走出了困境，家里的经济状况也开始好转。

（十）

日子就这样一天天过着。

随着大金和有金娶了媳妇，他们离开了家乡，去了大城市谋生。改革开放的东风吹遍了大江南北，那些曾经困在土地上的农民纷纷走向了更加广阔的天地。福林和秀儿的日子渐渐变得安静起来。家里曾经的热闹与喧哗随着孩子们的离去而慢慢消散，只剩下两老在空荡的院子里过着宁静的生活。

秀儿和福林曾为儿女们忙碌一生，终于可以在晚年时，享受些许宁静。孩子们常打电话回来，说在大城市生活一切都好，让老两口别太劳累，但福林和秀儿的心始终系在那片土地上。他们的日常依旧简单而充实，虽然不再种田，不再像年轻时那样起早贪黑地劳作，但生活依然需要打理。每天早晨起来，福林依然去院子里晾晒自己亲手织的草帽、农具，喂鸡喂鸭，偶尔修修院墙。秀儿则忙着做饭、打扫卫生、纳鞋底。她的手依旧细腻，拿起针线活时，依然那样娴熟。虽说岁月已让她的发梢染上了银丝，但她的眼中依旧保持着年轻时的光彩。福林跟秀儿还喜欢看《新闻联播》，这在农村的老人中不多见，福林和秀儿喜欢讨论新闻。他们通过新闻了解外面的世界，了解山村以外的生活，他们经常感叹时代的变化真大。

最快乐的时光是福林和秀儿一起带孙子孙女的日子。随着子女在外打拼的时间越来越长，福林和秀儿便成为五个孙子孙女的主要看护人。孩子们来自不同的家庭背景，有的是大金的儿子，有的是有金的女儿。他们调皮捣蛋，活泼可爱，每当放学后，福林便在院子里等着他们回来。秀儿则总是耐心地教他们认字，给他们讲古老的故事，教他们唱那些老家传下来的民歌。福林时常坐在院子里的摇椅上，一脸欣喜地看着孙子孙女们玩耍。

秀儿会轻轻地哼着歌，拍着孙子的背，一边给他们讲故事，一边做着饭。她讲的故事都是她年轻时从书中读到的，比如唐诗宋词、古代英雄的传说，或者乡村的历史与民间传说。孩子们总是听得入迷，不知不觉间就把午后的时光用在了听她讲故事中。她讲得温柔细腻，眼中闪烁着光辉，仿佛在那些故事的世界里，她又回到了自己无忧无虑的童年时光。秀儿会让孙子们拿着小本子写字，并要求他们一笔一画地练习字形。福林则会在一旁拍着孩子们的小肩膀，笑呵呵地夸奖他们："你们有福了，能学到这么多好东西。"

然而，随着年岁的增长，秀儿的健康开始慢慢走下坡路。她的体力渐渐不支，有时她会腰背酸痛，走路变得缓慢，但她依旧坚持做些家务，依旧为福林做饭。福林也开始注意到她的变化，每天晚饭后，总是轻轻搀扶着她去院子里走一走，和她聊聊以前的日子，聊聊过去那些人和事。秀儿偶尔会停下来，倚在福林的肩头。

然而，时间终究不等人。在一个寒冷的冬季，秀儿悄然离开了这个世界，仿佛她已经完成使命，悄无声息地回归到这片她一生深爱的土地。她去世后的那段时间，福林几乎不说话，他的世界陷入了深深的寂静。那些年，秀儿的离去是他无法承受的打击，精神俨然被抽干。

秀儿走了，孩子们都去县城上学了，只剩福林一人独守房子。每一天，他自己做饭，自己洗衣，自己整理院子。直到前两年，他也倒下了，他在病床上常常回想起过往，最美好的时光还是年少时光，在院子里一边打扫，一边听秀儿和先生读诗。

（十一）

现在的福林已经在床上躺了很久了，久到他自己也记不清是哪个季节开始卧床的。

屋外的光影从晨到暮，再从暮到晨，循环往复，而他却如一块被时间遗忘的老木板，静静躺在这间破旧的老屋里。窗外的竹影在地板上轻轻摇曳，似乎在诉说岁月的无情。

两个儿子时常围绕着照顾父亲的事争吵，大金指责有金照顾不周，而有金则抱怨大金出钱太少。两人的争吵频繁而激烈，甚至有时候连基本的体面都顾不上。有时争执直接发生在福林面前。

有一次，福林躺在床上，听着两个儿子你来我往的指责，落寞无比。他无力起身，只能虚弱地抬起头，嘶哑着嗓子说："别吵了！别吵了！我不要你们管，我自生自灭！生你们有什么用！"他的话语中带着压抑许久的愤怒和失望，但更多的或许是对自己一生的无奈。他的目光空洞而深沉，仿佛穿越了时间，看到了自己年轻时日夜劳作的身影，以及那些为家庭付出的无数汗水。

农村老人，尤其像福林这样长期卧病在床的老人，他们的晚年往往带着无尽的孤独和无奈。年轻时，他们用汗水支撑起家庭，供养子女长大成人，以为自己老了可以有所依靠。然而，随着农村人口外流、子女分家另过，许多老人反而被留置在他们亲手打拼出的家园里。在经济压力与家庭琐事的推诿中，赡养的义务被一再稀释，最终变得冷漠而功利。

福林的两个儿子并不是不孝，他们的困境是农村家庭中极为普遍的一个缩影。没有谁是绝对的恶人，也没有谁是完全的受害者。大金和有金有各自的家庭和责任，他们的日子同样被生活的琐碎与重担压得喘不过气。但正是这种多重压力，最终使得父辈的晚年成了一场无声的落寞。福林卧病在床，他的身体被病痛束缚，而他的心灵也在亲情的缺席中日益干枯。

在这个以孝道为传统的社会，农村老人的境遇常常是一个复杂的矛盾。传统的家庭观念要求子女赡养父母，但经济的发展、人口的流动让这种观念在现实中变得越发艰难。老人们渴望陪伴，但子女们更多的是通过经济援助来履行义务，而情感上的空缺却难以用金钱弥补。

福林的境遇不只是一个老人的故事，更是一面镜子，映照出许多农村家庭的现实。在那空荡荡的老屋里，他用沉默诉说着一个事实：亲情的冷漠往往不是一瞬间的决裂，而是日复一日的疏远。而这疏远背后是一个社会转型中最真实的痛点。

我常常想，人的一生如此短暂，年少时懵懂无知，年老时体弱多病，中间还有几十年为生活而奔波，除去睡眠、疾病、痛苦等，剩余的幸福时光又有多少呢？我写福林是想表达人生如潮，起起伏伏，终不过水流东逝。

希望看完福林一生的人都能过自己想要的人生。

我写福林和秀儿，希望看到福林和秀儿的人能够爱你所爱。

人生如梦匆匆过，
愿做风中自由舟。
若问何处是归期，
只道此生随心走。

冬 女

90 岁的老人不一定是病怏怏的，他们也能像冬女奶奶一样，精神奕奕，步伐轻盈。每当清晨的阳光洒进南昌城郊的一个菜市场，冬女奶奶就早早地在摊位前坐好，身上穿着深红色的棉袄，头上戴着灰色的毛线帽子，双眼闪烁着不符合这个年龄的光芒。虽然她的肩膀一高一低，身体微微佝偻，但那双眼睛依然锐利。她的脸上有一块较大的疤痕，她说是早年间第一次用高压锅时被炸的。

冬女奶奶摊位前的那把木椅子是她的“战场”。每天早晨，她总是第一个到菜市场，整理好摊位上的蔬菜，将它们堆叠成整齐的小山。虽然她既不懂得如何用手机刷屏，也不会用二维码收款，但她有着比任何商贩都强的直觉和眼光。每一个经过的人，她几乎能一眼看出谁是常客，谁是偶尔路过的。她总能在第一时间打出最合适的价格，声音洪亮地向顾客推荐自家的新鲜蔬菜："这些菜都是我家地里摘的，没打药！"她的语气总是那么有力，仿佛在为自己几十年积攒下来的经验和智慧辩护。

今年冬女奶奶 92 岁了，每天早晨，她都会准时出现在南昌城郊的那个小菜市场。摊位不大，只有一块空地，上面铺着两块白色的泡沫箱盖，菜都摊在上面，整齐而简单。冬天，她会卖白萝卜、红柳菜和大蒜，其中，白萝卜 2 元一斤，红柳菜 7 元一斤，大蒜 2 元一把。每次卖完这些菜，她的收入是50块钱左右。夏天，她卖辣椒和茄子，其中，辣椒 5 元一斤，茄子 3 元一斤。每个季节，冬女奶奶的摊位总是充满了家的味道，尽管菜不算多，但每一根萝卜、每一根辣椒都闪烁着她生活的温度。

我曾好奇地问她，为什么这么大年纪还坚持卖菜。她的回答总是那么简单而又充满力量："我在帮儿子卖菜，不给儿子增加负担。"她说得轻松，但那份坚持和责任却让人动容。冬女奶奶已经卖了十年的菜，菜种在家附近的小山坡上。那片菜地是她与自然之间的约定。每天，她都会带着两根木棍出门，一根用来支撑手，一根用来挑水，哪怕步履蹒跚、浑身酸痛，奶奶依然坚持每天去菜地忙活。

她会用肩膀挑着装满水的桶，缓慢却坚定地走向菜地，每一步都是她对生命的坚持和热爱。浇完水后，她会摘一些新鲜蔬菜，轻轻地放进篮子里，准备带到市场去卖。她说：“做点事，身体更舒服，心里也能踏实。”这句话透露着一种质朴的生活哲学，仿佛她的每一个动作都是与岁月的一场默契对话。

（一）

她说自己出生于冬天，所以父母为她取了“冬女”这个名字，简单而朴素。她记得，那时候的名字并没有什么特别的含义，叫多了就成了名字，也不必刻意去想。

她的童年几乎没有什么美好的回忆。最深刻的记忆是饥饿。冬女从小就知道什么是空腹、什么是日复一日的食不果腹。家里常常只有一些粗糙的杂粮，煮成稀饭后，吃完马上便又饿了。冬天特别难熬，寒冷的空气和饥饿的肚子让她的身体变得瘦弱。她和弟妹常常围着火炉坐下，等待着一天的结束，但她清楚地记得，那时候自己常常觉得腹中空空，能听见胃部传来的嗡鸣声，像是寂静的夜空里唯一的声音。

冬女的记忆里，自己从小就学会了劳动。村里人家大多依靠种地和养殖为生，冬女家的条件尤其困难。她记得，小时候村里的人常常外出砍柴，而她则是家里砍柴的主力，她总是跟随某个叔叔伯伯去砍柴，再用背篓扛起一筐柴往回走，走在崎岖的山路上，汗水和泥土沾满了她的衣服。有时候柴火不是背回家，而是背去大户人家门口卖，能换来的也只是一分钱，然后去换些米。冬女的记忆中，去砍柴的路上比较快乐，她说那时候去砍柴的路上会经过一棵李子树，如果是刚下过雨，冬女会先一脚踢树干，让雨水掉下来，再摘李子。有时候路上还会摘一些野草莓，吃起来酸甜可口。

她从小就被教导吃饭不容易，做事更要勤快。对于家里养的鸡鸭，冬女并没有将它们当作自己家的食物，而是要拿去卖，以换取一些粮食。

有一次，冬女带着一大篮鸡蛋，穿过村里的田埂，走了好几里地，才来到集市。一路上，烈日炙烤，鞋底早已磨破，迈出的每一步都像在扎根地里。最后，她用这些鸡蛋换来了一些米和盐。这些米和盐成了家里的希望，虽然日子过得辛苦，却只能依赖着这些辛劳去生存。

她的记忆中最深的痛苦还要追溯到战争时期。冬女年纪尚小的时候，亲眼见过日军的轰炸机。那时，村里突然传来轰鸣声，她和村里的伙伴们抬头一看，只见几架日本轰炸机在空中飞行，拖着长长的黑烟。接着，村边的田野炸开了，爆炸的声响震耳欲聋，四周土块飞溅。她和村里的人四散逃跑，躲进山沟里。

她记得那一刻的恐惧，心脏跳得异常急促，似乎能感受到空气中每一丝震动。那个时候，飞来的是死亡的阴影，而她只有不停地躲避和逃生。

15 岁那年，她的母亲因病去世。她记得，那段日子，家里像是倒塌了一样，母亲的去世让她变得更加坚强，也更加早熟。15 岁的她没有像同龄女孩那样享受过一点点的少女时光，而是承担起更多的责任。仅仅过了半年，她的父亲便给她安排了婚事，她和一个不太熟悉的男人结婚了。从此，她成了一个家庭主妇，肩上多了许多责任。

（二）

冬女 18 岁那年，迎来了她第一个孩子的出生。结婚后的生活变得更加沉重。割猪草、砍柴、挑粪、耙地种苗，一天都不能停下来。她清楚地记得，生完孩子后的那段日子，几乎没有什么休息时间。那时候，农村的坐月子并不像今天这般讲究。冬女说，自己并没有所谓的月子，生完孩子没几天，便又投入家务和农活中。孩子得喂养，家务得做，农田的活也没有人替她干。她甚至笑着说："现在的关节痛都是月子里没有好好休息留下的病。"不过，她并不懊悔，那时的她没有什么选择。

冬女回忆说，在那个年代，农活是每天都要做的，无论是生孩子还是带孩子。生完孩子，她要去地里干农活，那时候，每天她都用布条把孩子背在背上，趁着割稻子的间隙给孩子喂奶。她告诉我，那时生活艰苦，家里吃不饱，便尽量多喝水。她常常自己喝下去一大碗水，认为只有这样，才能有奶水喂养孩子。她笑着说："那时喝水喝得多，奶水才多。"这几乎成了她和其他农妇共同的生存法则。

家里缺粮少油，几乎没有足够的油和盐来做饭。她的回忆里最鲜明的画面之一就是每天的菜不过是用盐水煮熟的，吃时将菜拌进饭碗里，没有一点油星子。为了省下粮食，她和丈夫常常吃野菜，那些野菜是从山坡上采来的，虽然口感粗糙，但也成了勉强度日的食物。而且因为常年缺乏营养，冬女的身体早已处于虚弱状态，便秘成了常态，她不得不忍受那种难以言说的痛苦。

冬女生了六个孩子，三个儿子和三个女儿。如今，她的孩子们都已成家立业，最小的儿子早已去世。现在，冬女住在大儿子家里，四世同堂的大家庭中有八个孙辈和四个曾孙。虽然家里人多，但都忙碌着各自的生活，而冬女仍然保持着坚韧的习惯，每天早早起床，做一些力所能及的事情。

她说那段艰辛的岁月，家里穿的衣服大多是打了补丁的旧衣服，裤腰上的麻绳早已被用得几乎看不出原样。她笑着说，那时候自己买不起新裤子，麻绳一系，裤子就能撑得住，顶着风干活，衣服穿得破旧，但她不觉得有什么不方便，大家都一个样，活下去才是最重要的。

冬女记得在生产队赚工分的日子也很苦。那时候，一家人要靠生产队分配的工分过日子。孩子们年纪稍大就能去地里干活，靠着几个孩子的工分，一家人才算有饭吃。那时候，每个生产队都要向粮站交公粮。如果生产队的粮食不够，就要求每家每户出粮出钱。冬女说，遇到这样的情况，家里就会去借钱来交粮，每次交了粮食后，冬女就要和孩子们勒紧裤腰带过日子。

对冬女来说，那段时间是食不果腹的经历，但回忆起来也仅仅是一段回忆了。

后来，国家改革了农村政策，实行了包产到户的制度。家里分到了10亩地，其中既有水田，也有旱地，这对于冬女一家来说，算是一个难得的机会。她的孩子们都渐渐长大，开始参与农田的劳作中，家里也逐渐有了足够的粮食。冬女说，一家人终于不再为温饱发愁，饭碗里能见到米饭，菜也能换着花样做。而随着改革开放的推进，家里的生活条件逐渐改善，虽然依旧过得不富裕，但至少不再像过去那样担心明天的饭菜。

那时候的农业生产主要依赖人工，农活的强度极大，几乎没有什么先进的机械设备。冬女每天早早起床，带着孩子们去田里干活，常常是太阳刚刚升起就开始忙碌，直到夜幕降临才回家休息。日复一日，年复一年，尽管生活的艰辛并没有完全消失，但她的家庭在这一点一滴的劳动中逐渐站稳了脚跟。

（三）

冬女记得很清楚，34 岁那年，丈夫因病去世了。这让她原本已经艰难的生活一下子变得更加沉重。那个时候，她的心几乎要崩溃了。失去丈夫后，她不仅要抚养六个孩子，还要照顾年迈的公婆，那段时间，她几乎每天都在眼泪中度过。说到这段经历时，冬女的眼里再次涌出了泪水，她默默地低下头，眼神中满是回忆的痛苦。

那时，她带着三个儿子下田干活，三个女儿则负责做家务和看家。大儿子邦国 16 岁，二儿子 14 岁，三儿子 10 岁，按理说，这些孩子还很年轻，但她知道，自己不能让任何一个孩子停下来，必须靠大家的努力才能撑起整个家。尽管生活如此艰难，但冬女从未让自己的孩子们轻易放弃。

冬女记得，那个时代没有钟表，只有日出日落作为时间的标志。天刚亮，家里就响起了她的喊声：“孩子们，起床了，去田里！”大儿子邦国是最早起的，总会帮她准备好工具，带弟弟们起床。接着，他们就开始了整整一天的劳作。

午饭和晚饭都是看太阳的位置来决定的。午饭通常是太阳正好高挂在天时，冬女和孩子们会赶回家匆忙吃一顿简单的饭菜，草根、咸菜、糠咽菜是常见食物。晚饭则是在太阳渐渐西沉，天色开始变暗时才得以解决。日子一天天地过去，冬女从不曾让孩子们抱怨，她知道，只有大家共同努力，才能撑起这个家庭。

大儿子邦国上过两年学，二儿子上过一年学，小儿子则因为家里经济拮据，未能上学。他 13 岁时，常常愁眉苦脸地说："我也想上学，为什么我不能读书？"但每次冬女只能无奈地摇头，她明白，现在最重要的是养活家里这些人。冬女的三个女儿也都只上过一年学，家里实在没有足够的钱继续送她们上学，最终她们都早早地嫁人，成了别人家的媳妇。

冬女每每回忆起这段日子，心里总是百感交集。她从不轻易在孩子们而前流露出脆弱的一面，她知道，那时候的自己是多么艰难，多么疲惫。有时，深夜里，她会躺在床上，听着孩子们已经入睡的呼吸声，心中满是自责：她希望能给孩子们更好的未来，却只能尽自己所能勉强维持。

（四）

然而，也正是那段艰苦岁月，锤炼了邦国的性格，让他变得更加坚韧和聪明。邦国 16 岁那年，已经具备了一些成年人的责任感，帮着母亲分担农活。他 20 岁时便结婚了，婚后离开家，跟着村里的师傅学习木匠手艺。冬女对这个决定并没有阻拦，尽管她心里有些担心，但她知道，如果能学一技之长，将来孩子会有更好的前途。

邦国的木匠手艺是跟随一个老木匠学的。这位老师傅手艺高超，但脾气古怪，学木工不仅要学技术，还要学如何忍耐和承受。学习的第一年，邦国几乎每天都要帮师傅做家务，包括洗衣做饭，早晨一起床便开始忙碌，晚上直到很晚才回去休息。这一年里，他的手腕和双手都因为打木头的动作而变得粗糙，而筋骨却比以前更加结实了。很多木匠学徒都需要三年才能学成，邦国只花了一年时间就掌握了基本功，他能做木盆、做桌子、做柜子，甚至能做一些小玩意儿。

他回到村里后，居家开了一家小木工坊，渐渐成为村里最受欢迎的木匠。每家每户需要家具时，都来找邦国做，他做的家具不仅实用，还很有工艺感。邦国做家具的方式很讲究，每一件木制家具都经过仔细打磨和雕刻。虽然大家已经可以通过买成品家具来解决，但他依然坚持用心制作每一件作品。

随着时间的推移，社会逐渐进入工业化时代，传统手工艺逐步被机械化生产所取代，邦国的生意也受到了影响。即便如此，每当有村民找他做家具时，邦国依然会毫不犹豫地答应，耐心地选择材料，用最细心的工艺去打造一件件木制家具。即便是简单的木盆，邦国也要挑选最合适的木材，确保它既坚固，又美观。如今，尽管许多人选择购买成品家具，但邦国依然是村里唯一的木匠，凭着他那份对手艺的热爱和执着，他的家具依然受到村民的喜爱。

邦国的木工手艺不仅给家里带来了稳定的收入，也让冬女的晚年生活相对安稳。她时常看着自己这些年辛辛苦苦养大的孩子们，心里充满了骄傲。虽然命运曾经给她带来无数困境，但她始终没有低头过，而今，她的孩子们各自有了自己的事业，家里也逐渐安定下来。而这一切正是从邦国那把木匠刀开始的。

（五）

冬女的二儿子建国也是 20 岁成家。成家后的建国并没有离开家乡，他一直扎根在村里，继承了父辈的土地，继续耕作家里那几亩地。刚开始时，建国和妻子一起种了 5 亩地，种着水稻、玉米和一些杂粮，日子过得紧巴巴的。每到收获季节，虽然能勉强填饱肚子，但这些粮食除了日常的生活需求外，几乎没剩下多少，家里的日用物资更是捉襟见肘。

然而，随着村里很多年轻人纷纷搬去城里打工，建国逐渐看到了机会。于是，他开始承包起了村里那些空闲的土地，原本几乎被遗弃的田地渐渐成了他收入的一部分。建国按照每亩地200块钱的租金向村民承包土地，这样一来，村里的土地资源得到了有效利用，而他也能通过承包土地和辛勤劳作来维持一家人的生计。

虽然日子并不富裕，但他从不抱怨。他清楚地知道，日子虽苦，勤劳就能换来一定的回报。每天早晨天还没亮他就起床，和妻子一起做好早餐，然后下地干活。每年春耕时节，他总是最早开始准备种子和工具。为了确保地里的作物能顺利生长，他总是亲自去田里查看，春天撒下的种子、夏天的灌溉、秋天的收割，每一个环节他都不敢懈怠。

由于土地不大，农活虽然忙碌，但日常收成有限，建国并没有太多积蓄。家里买不起新家具和新衣服，甚至连一些简单的生活必需品都要精打细算。每当冬女见到建国家里破旧的家具和衣服时，总是心疼地叹气。建国有三个孩子，大儿子上过几年学，后来因为家里没钱供他继续上学，便开始帮着他一起干农活。还有两个孩子上了大学，后来去了外地生活。

建国从小就教孩子们要吃苦耐劳，虽然自己吃得清贫，却总是耐心地教孩子们耕地、插秧、割稻，每一项农活他都亲自带着孩子们做。最初，孩子们觉得每天的农活很辛苦，尤其刚开始学习的时候，手脚会被农具弄伤，可建国并不心软，他总是鼓励孩子们：“这才是生活，只有靠自己才能过得好。”他也常说：“种地的活，吃了亏才能学会，年年收成才能积累经验。”

虽然日子过得清苦，但他从不轻言放弃。他相信，只要勤劳肯干，就总会有回报。他每年承包的土地都能按时交付租金，虽然收入有限，但至少一家人吃得饱，穿得暖，日子也算过得平稳。

在外人看来，建国的生活似乎有些单调，一辈子做着同样的农活，日复一日，年复一年。但如果从更广的视角来看，这样的生活也是一种生命的深刻体验。其实农民的生活是与自然相连的，它既充满了规律，也富有诗意。在四季轮回、风雨变化中，农民的生命与土地紧紧相依。每一场风雨都是生活的一部分，每一粒种子都是希望的象征。而这些年复一年的劳作也是一部生动的史诗。

（六）

冬女的三儿子名叫爱国。爱国从小就特别懂事，性格沉稳，早早地就承担起了家中的责任。小时候，他几乎天天与母亲冬女一起为家里的几亩地和牲畜忙活。那时候，家里条件艰苦，冬女不仅要劳作，还要照顾六个孩子，所以爱国便早早地学会了分担家务。每当到了农忙时节，爱国是最能吃苦耐劳的那个，他总是最早起床、最晚睡觉。

在冬女的记忆中，爱国总是能在农田里自得其乐，特别是在养猪的时候，爱国显得格外有趣。他最喜欢的事就是拱猪。每次推着猪走进栅栏，那些猪会发出震耳欲聋的吼声，爱国和几个兄弟姐妹总是笑得前仰后翻。那时候，虽然贫穷，但生活充满了欢乐和温暖。爱国那种聪明、灵巧的性格也让他在很小的年纪就学会了如何做事，更早地从父母的教诲中懂得如何在生活中寻找快乐。

在那个年代，很多村庄由集体管理，大家在集体的土地上劳动，所有的粮食和农产品都按劳分配。爱国从 10 岁开始 就参加生产劳动，和其他大人一起耕田、收割、犁地。虽然年纪小，但他总能干得不比大人差，甚至能想出一些办法让工作更高效。那时，他总是特别热心，帮着冬女打理家里的猪牛，总是把活做得十分干净利索。

在生产队里，爱国是个不折不扣的能手。在大队劳动时，他卖力干活，连领导都夸他勤快能干。“下班”后，他还主动去给队里养牛，晚上给牛喂草，这样不仅能积攒一些工分，还能在年底分得更多粮食。家里因此能多得到一点口粮。

分田到户后，爱国用家里的牛帮邻居犁田，常常换来一袋袋大米。那个时候，农民过日子最重要的就是自己能在田里种足够的粮食，而爱国凭着聪明能干的本事，总是能从各个方面为家里赚取更多资源。

在集体经济逐步转向家庭经营的过程中，爱国还从大队里了解到一些经商的窍门。那个年代，商品流通受很多限制，很多村民想要做生意但没有机会，而爱国却能够从外地批发一些日用小商品带到镇上出售。虽然当时的商品市场不成熟，但爱国敏锐的商业嗅觉帮助他赚了一些钱。他经常拿赚来的钱给家里买些猪肉，换些食材，让家里过得稍微好一些。

爱国 25 岁那年结婚了。为什么爱国那么晚才结婚呢？那是因为爱国曾失去了他的初恋，很长时间走不出来。爱国 17 岁时和一个女知青恋爱了，那时候女知青的父母反对，本来女知青想留在村里跟爱国结婚，但在政策允许知青返城后，爱国主动放弃了那段爱情，爱国不想耽误女知青的前途。后来爱国和村里的一个女人结婚并育有三个孩子，虽然婚后的生活艰辛，但他并没有因为生活的压力而感到沮丧。随着社会环境的变化，爱国抓住机会，在镇上开了一家商店，开始了自己的生意。后来，市场逐渐放开，爱国的生意渐渐有了起色。虽然收入不算丰厚，但对于当时的爱国来说，能够有一份稳定的收入来源已经是非常不错的生活了。

家庭条件的改善使得爱国的孩子们有了接受更好教育的机会，他的孩子们没有像他那样辍学早早进入社会。爱国十分重视子女的教育，他认为教育是改变命运的唯一途径。爱国一边努力经营商店，一边为孩子们的学费奔波，最终让他们顺利上了大学。

但是，爱国 50 岁那年因肠癌去世，冬女每每说到爱国时都很落寞。

（七）

冬女的三个女儿从小就非常懂事。她们不仅是家里冬女的得力帮手，还是家里最重要的劳动力之一。作为母亲，冬女总是希望自己的女儿能学一些实用的手艺，能在艰苦的岁月中自给自足。每当闲暇时，她会教女儿们做棕蓑衣和背心，这些由棕树叶编织而成的衣物既能防雨，又能保暖。在那个物资匮乏的年代，这样的手艺成了生活中不可或缺的一部分。冬女亲手教她们编织时，动作娴熟，每一片棕叶的修剪、编织、缝合都充满了巧思和耐心。她的女儿们也学得很快，纤细的手指在粗糙的棕叶上游走，编织出坚固又实用的蓑衣。

除了做棕蓑衣，冬女的女儿们还学会了其他一些生活技能。在家里，母女们一起用芦苇做扫帚，芦苇的长枝干被修整得均匀，用它编成的扫帚既结实，又耐用。家里也时常需要用稻谷秸秆做扫帚，秸秆稍稍剪短，捆扎成团，简单的工具能满足大部分家庭的需求。虽然这些手工活烦琐，却是她们生活中最重要的组成部分，任何一项工作都不能掉以轻心。那时候的女孩们不仅要做家务，还要帮助母亲带着弟弟妹妹一起分担家里的劳动，生活中的每个细节都蕴含着艰辛和智慧。

随着年岁的增长，三个女儿逐渐参与到了更为艰苦的集体劳动中去。每年春耕秋收的农忙季节，她们总是天不亮就背着背篓去地里干活，肩膀上背着沉重的农具，脚步在泥土中留下深深的印迹。那时，集体劳动的工资是按工分来分配的，每个人做多少活就得多少工分，这些工分直接决定了人们家里的口粮和收入。冬女的女儿们都非常勤快，每天除了在田地里劳动，她们还会在晚上做手工活，如编织一些日常用品做些简朴的衣服，或者打些针线活。这些看似微不足道的细节却让她们的生活在某种程度上变得更加充实和有保障。

尽管生活艰苦，但随着岁月流逝，日子逐渐好转。生产队改为家庭联产承包责任制后，分田到户，家里的收入有了保障，女儿们也能在劳动中见到更多希望。她们从小在艰难的环境中成长，学会了坚韧与自立，这让她们即使在婚后，也能够很好地管理自己的家庭。

随着年龄的增长，三个女儿陆续嫁人，虽然婚姻的生活并不比母亲的岁月更轻松，但她们都能在自己的家庭中找到一份安定和幸福。

冬女说，结婚后的女儿们都有了自己的家庭和责任，生活变得越来越忙碌。早些年，计划生育政策执行得紧，女儿们每次怀孕生子时，都暂时来到她这里住一段时间。她给她们照顾孩子，做饭洗衣。孩子出生后，女儿们便带着孩子回到自己的家，继续忙碌自己的生活。

渐渐地，女儿们的生活重心开始转移。她们不仅要照顾自己的孩子，还要面对家里的琐事。过了几年，她发现女儿们开始渐渐疏远自己。尤其大女儿，现在已经五六年没见过她了。如今大女儿住在乡镇的养老院，那里离家远，冬女偶尔打电话过去，才知道她还好，大女儿也只有在想母亲时，才会拨打电话，简单地问候一声。

两个小女儿会常常回来，虽然不像以前那样频繁，但偶尔会带着孙子来看望。“她们也不容易，照顾孩子忙得过不来。”冬女笑了笑，眼中带着些许无奈。我想，这种笑既是对岁月流逝的无情感慨，也是对传统家庭联系断裂的深深感伤。

（八）

冬女奶奶坐在摊位前，眼神平静地穿过人群望向远方，那份平静里藏着岁月的重量。“中华人民共和国成立前的日子最苦。”她的声音不急不躁，仿佛在诉说一段遥远而沉重的往事，“中华人民共和国成立后好了一些，但真正最苦的还是 1958 年那会儿。”她停顿了一下，像是在整理记忆，眼睛里渐渐浮现出些许沉痛的回忆。

“那一年，很多人被抽去支援炼钢铁，田地里干活的人少了，土地上的粮食根本来不及收成，许多发了芽烂在地里。”冬女奶奶轻叹，仿佛那时的景象还在眼前。那时候农业生产讲究一个“密”字，“原本十几斤谷子就能种好的地，硬是撒了六七十斤谷子。稻苗长得密不透气，结果结不出多少谷子。”她深吸了一口气，嘴角微微上扬，仿佛回到了那个充满沮丧和绝望的时刻。

“那一年，大家饿得不行，树皮、草根都能吃。”她的语气依旧平静，却有着无法掩饰的痛楚。那是一个无望的季节，冬女回忆起自己和村里人怎样在饥饿中艰难度日。她说，“有的人饿得连走路都费劲，倒在地上就再也没起来。”她沉默了片刻，似乎在思索那些逝去的日子，她说当年邻居家一个老人饿得全身水肿，有一天睡着了，便没再醒过来。

“那时候，我们靠野菜、草根、树皮生存，那一年的日子是饿得连风都能吹倒。”她的声音低沉而带着一丝颤抖，仿佛身处那段黑暗的时光中。曾经许多人的眼里流露出饥饿与绝望，在贫困和劳累中，身体逐渐消磨殆尽。冬女奶奶曾亲眼见到很多村民因为饥饿浮肿的身体，那种状态令人几乎无法分辨出他们的模样。

“后来，到了 1961 年，大家终于不再集体吃饭了，每家自己做饭，日子才稍微好一点。”冬女奶奶的眼睛里闪过一丝复杂的情感，似是对那段历史的解脱，但更多的是对那段岁月留下的深深烙印，“即便如此，生活也还是难过，每一餐都需要精打细算。”

那段岁月如同一场漫长的梦，依旧萦绕在她的记忆里，无法真正抚平。

但冬女奶奶并未在这片回忆的海洋中沉溺，她平静地看着眼前的世界，仿佛一切都在岁月的流淌中变得不那么重要。“现在好了，”她略带欣慰地笑了笑，“每个月有 2000 多块的社保，日子比以前好多了。”她的笑容朴实无华，却有着岁月赠予的深沉从容。她的生活就像一条河流，曾经的波涛汹涌早已消逝，只剩下平静与岁月的沉淀。

我看着她，问了一个常常纠结的问题：“您觉得人生中什么最重要呢？”冬女奶奶没有立刻回答，只是笑了，她那笑声像是轻轻撩起了尘封的回忆，随风飘散开来。然后，她睁大了眼睛，眼角有些许的皱纹微微放松，笑得特别灿烂：“钱最重要啊，还能有什么呢？”

她的话语中透露着一种简单的实在，仿佛不需要过多地解释。生活中的艰难与困苦使她深知，那些为生存奔波的日子、吃不饱穿不暖的岁月才是最难熬的。对她来说，钱不仅是温饱的保证，更是生活的依靠，是那些曾经的荒凉与饥饿中唯一的一丝希望。钱不仅承载着她为家庭劳作一生的辛苦与坚韧，也承载着她看见世界温暖的一点亮光。

然而，或许正是这种朴素的理解，才让她的生命更加充实和厚重。她的日子像是一棵久经风雨的老树，虽然经历了风霜，却依旧扎根大地，汲取着生活的养分，在不平凡的平凡里，默默绽放着属于自己的美丽。

养蜂人与养心人

老冯住在粤北一座偏远的深山中，那里没有人声鼎沸的喧嚣，四周只有鸟鸣与风吹树叶的沙沙声。老冯的家建在一个山顶，左边是供奉着某位仙人的道观，右边是他的小屋，两者由一道简陋的石墙分开。每当晨曦的阳光从山间洒落，照亮这片宁静的天地时，老冯总会站在自家门口，望着远处的山峦与林海。

（一）

今年老冯已经50岁，算起来，他在这座深山中度过了大半辈子。他年轻时是这个山村里的一名乡村邮递员，那时，农村没有普及电话，书信成了亲朋之间唯一的沟通方式。每天，老冯都骑着一辆绿色的脚行车，背着沉重的大邮包，带着一份份邮件、书报与包裹，从一个村庄送到另一个村庄。为了送达每一封信，他常常在山间小路上奔波，六个分管的村庄大多坐落在大山深处，最远的甚至需要他步行一两天。

晴天时，路虽难走，但老冯觉得勉强能忍受，毕竟沿途的风景如画，白云悠然。但每逢雨天，情况就完全不同了。山路湿滑，泥泞不堪，自行车骑行起来十分吃力，而步行在这种泥泞的小道上更是让人心力交瘁。那时，老冯总是穿上套鞋，打着油布伞，或披上厚重的雨衣，脚踩在湿漉漉的土路上，时不时滑倒，泥水飞溅。每当遇到恶劣的天气，他总是默默忍受。

这份工作稳定，是许多人眼中的“铁饭碗”。老冯也曾在心底为自己感到骄傲，毕竟在那个年代，能够拥有一份固定工作是许多人梦寐以求的。然而，命运往往在最不经意的地方给你一击。在一个大雨滂沱的日子，老冯骑车下山途中，不慎从坡道滚下，跌落在湿滑的石块上，左脚遭到了重创。治疗后，尽管伤口愈合，但留下了长期的病根，脚也因此变得不再灵活，走路常常一瘸一拐的。

脚伤后，单位为老冯安排了一个门卫的工作。乍一听，这似乎是一份不错的工作，不用再走山路，不用再冒雨，平日里也较为清闲。但对于习惯了在山间奔波的老冯来说，这份工作很快就显得狭小与沉闷。每天他都坐在一间简陋的门卫室里，守着那扇铁门。虽然门外的世界依然喧嚣，街道上的行人来来往往，车辆川流不息，但那种“站岗”的感觉让他仿佛被困在一个狭小的盒子里，所有的活力和激情都被禁锢在那一方小小的空间。

老冯常常坐在那里，眼睛时不时地望向窗外，看到外面一辆辆自行车驶过，看到行人匆匆走过，心里便忍不住生出一股莫名的空虚感。每天老冯的任务就是盯着门口，看看是否有需要登记的访客，问问是不是有工人来修理设施。看似简单，实则枯燥。每当有陌生人走过，他只是轻轻地点点头，交换一些礼貌性的问候，但心里却空落落的，在这种环境中，似乎他与外界越来越远，渐渐失去了与外界交流的兴趣。每一天的重复像一种永远无止境的循环，枯燥而无趣。每当他在门卫室里坐着，总会回忆起曾经骑着自行车穿行在山路上的日子，那时的他自由、充满活力，虽然辛苦，却觉得人生充实且有意义。此时的自己仿佛变成了一个无所事事的“空壳”，缺乏方向，缺乏激情。

渐渐地，老冯的心态发生了变化。他开始质疑自己的人生，疑惑自己是否真的应该停下脚步，去接受这样单一且安稳的生活。每次有车驶过门口，他都会忍不住心生一种不安，仿佛自己也被挡在了外面，无法融入这个快速变化的世界。

老冯常常想，如果当年没有受伤，他是不是仍然会在大山间忙碌着，骑着自行车，给村民们送去书信与消息，而不会成为这个门卫，日复一日地守着一扇不属于自己的门。

不过，这种孤独与失落的心情并没有持续太久。老冯终于意识到自己不能一直困在这一狭小的空间里。他需要改变，需要找到一种新的方式去生活。于是，他做出了一个重要决定——辞职。

（二）

成为一个“自由人”后，老冯并没有急于寻找新的工作，而是给自己一些时间去思考，琢磨未来的路。那时候，农村几乎每家每户都有一辆自行车，修车的需求依然很大，尤其山村里，许多人日常依赖自行车出行。当年老冯做邮递员时，自己骑的自行车也经常出现各种小毛病，每次遇到车坏了，他都会亲自动手修理。由于长期积累了大量修车经验，老冯对这一行并不陌生。于是，他决定利用这些经验，在家里开一个修车的小作坊。

起初修车的生意并不繁忙，但也有一些常客找上门来。大多数问题是自行车的轮胎破损、链条松动或车头歪斜，都是常见的小毛病。老冯的手艺一向过硬，每次修完车，村民都赞不绝口。补胎是他最常做的工作。补胎的步骤看似简单，实则讲究技巧。每次接到补胎的活，老冯总是先小心翼翼地把车胎卸下来，放在院子里的一张木桌上，开始仔细检查。他先用气筒打足气，观察胎面，看是否有漏气的声音，若听不清楚，就会用水盆进行检查——将打好气的胎放入水盆里，泛起泡泡便会暴露出裂缝或小孔。

找到了漏气的位置，老冯便开始了修补工作。他从工具箱里拿出专门的胶水和一块破旧的轮胎皮，这些轮胎皮是他多年来积攒下来的，每一块都经过精心挑选，硬度和弹性适中，黏合时能保证良好的密封性。他用胶水均匀涂抹在破损处，再将轮胎皮精准地粘上，用压板压实，确保没有气泡。接着，他会让胶水自然风干，大约半小时后，他便能确认补好的地方是否牢固。如果有一丝漏气的声音，他会再仔细处理，直到完全没有问题。

车链和车头也是常见的修理项目。遇到车链断裂的情况，老冯总是用手动链条拆卸工具，小心地拆开车链的连接环。然后，他会用锤子和钳子将破损的部分取下，再用新的链条片或者旧链条进行替换和修复。松动的车链则比较简单，只需要将链条的松紧调整到合适位置，有时还要用链条油润滑，使车链运转更加流畅。对于车头歪了的情况，他通常会亲自调整，拿起工具调节车头的位置，有时用力过猛，车头会突然恢复原位，他自己也会忍不住笑出声来：“这车子跟我一样，得调教才能顺畅。”

不过，随着时间的推移，修车的生意逐渐变得清冷。曾经忙碌的日子变得越来越少，虽然老冯的修车工作稳重，但难以抵挡时代的变迁。摩托车开始进入乡村，取代了大部分自行车。老冯清楚地看到，越来越多的村民开始放弃他们的旧自行车，摩托车成了新的“主力军”。尽管老冯依然能接到一些小单子，修修破损的自行车，但生意已经远不如从前。于是，老冯的修车行关门了。

（三）

不再修车后，老冯把目光投向了山里的自然资源。他注意到这里的气候和环境非常适合养蜜蜂，尤其周围花草丰富，山间树木葱郁，夏天的气温也适宜蜜蜂生长。最重要的是，他发现蜂蜜的市场需求大，价格也较高，正是一个不错的致富机会。于是，他开始研究养蜂这门技术。

老冯去书店买了一本养蜂的书，认真地翻阅了每一页，逐渐掌握了蜜蜂的基本习性和养殖方法。书中的文字简洁明了，详细介绍了蜂箱的结构，蜜蜂的饲养、繁殖，以及采蜜的技巧。他看得津津有味，也常常对着书本上的插图琢磨几个小时。之后，老冯问一位年纪稍大的老蜂农请教了养蜂的实际操作经验。老蜂农给了他不少实用的建议，尤其在防治蜂病和挑选蜂种方面。学成之后，老冯便购买了必需的设备——蜂箱、蜜蜂衣、蜂巢架、蜂刷、烟雾器等，准备开始自己的养蜂之路。

养蜂的工作并不容易，尤其在山里的深处。一开始，老冯便意识到养蜂需要的不仅仅是勤劳，更需要对自然的敬畏和对蜜蜂的细心照料。为了避开外界的干扰，老冯决定将自己的家安在一座偏远的道观旁。道观坐落在山顶，四面被群山环绕，静谧无声，几乎没有人来打扰。道观的墙体已经有些斑驳，显得有些古老，里面供奉着一位仙人，虽然已经无人照看，但老冯还是每次都给仙人点上香，默默诉说着自己的想法。

老冯把蜂箱搭在离道观不远的半山腰，那地方幽静而美丽，有许多野花四季轮转，各具风韵。春天，忍冬花和山茶花先后开放，金黄色和淡粉色的花朵在青绿的藤蔓和枝条中错落有致，散发着淡淡的香气。夏天，野菊花和萱草争相开放，黄色、白色和紫色的花朵在山间草地上形成一片花海，吸引成群的蜜蜂忙碌地飞舞。秋天，野玫瑰和野姜花开得最盛，微微泛红的花瓣在秋风中摇曳，蜜蜂总是飞快地从一朵花移到另一朵花，采集着丰盈的花蜜……

这些花朵种类丰富，花期错开，保证了蜜蜂在不同季节有充足的食源。特别是忍冬花的香气浓烈，常常成为蜜蜂的第一站，它们总是围绕在那一簇簇金黄的花朵周围，徜徉不停。而野菊花和萱草的花瓣大而丰富，蜜蜂尤其喜爱在这些花丛中穿梭，蜜汁丰富，采集的速度也非常快。野玫瑰的花香清甜，野姜花的花蜜则偏重香味，这些让老冯的蜂箱成了蜜蜂忙碌的乐园。

半山腰的这片土地有着适合蜜蜂生长的自然条件：温暖而湿润的气候、丰富的植物种类、清新的空气以及四周的宁静环境，这些都为蜜蜂提供了理想的栖息和采蜜条件。这里的空气流通良好，微风轻轻吹过，花香四溢，而山间清新的湿气也给蜜蜂带来了充足的水源。

加上远离喧嚣的村庄和城市，不受工业污染的干扰，蜜蜂采集的花蜜更加纯净。在这样的环境中，不仅蜜蜂生长旺盛，而且蜂蜜的质量格外上乘，香甜浓郁，口感独特。每当春夏之交，老冯便会小心翼翼地打开蜂箱，取出满满一箱蜂蜜，黄金般的液体在阳光下泛着诱人的光泽。

对于老冯来说，这片山林不仅是养蜂的好地方，也是他内心宁静的庇护所。

最初搬进山中时，老冯的妻子荷极力反对，她认为这样与世隔绝的生活并不适合人类，尤其他每天要与蜜蜂打交道，生活条件异常简陋。荷常常对他说："你在山里待久了，连人味都没有了。"她担心老冯会变成一个"野人"，不愿老冯住在深山里，但老冯始终坚持自己的选择。

初期的养蜂工作非常艰难。老冯需要在清晨天未亮时起床，穿好厚厚的蜜蜂衣，戴上面罩，准备好蜂烟器。他点燃干草和松枝，轻轻地向蜂箱喷烟雾，目的是让蜜蜂放松警惕，避免它们因受到惊扰而变得具有攻击性。每次操作，他都必须小心翼翼，生怕被蜂群蜇伤。养蜂的过程是长期的，而采蜜则是其中最辛苦的部分。

每年的春夏之交是采蜜的高峰期，每天老冯都要巡视自己的蜂箱，检查蜜蜂的情况。蜜蜂的繁殖力极强，但也容易受到气候变化的影响。下雨天或温度过低时，蜜蜂的采蜜能力就会下降，有时甚至会停止工作。老冯必须根据天气变化调整采蜜的计划。晴朗的天气最适合蜜蜂外出采集花蜜，于是老冯便利用这个时机，把蜂箱里的蜜蜂赶到开花的地方。他会先用烟雾器将蜂群驱散，然后小心地打开蜂箱，拿出蜜蜂巢脾。在这个过程中，老冯会特别小心，避免将蜂巢弄得太乱，因为每一滴蜜都是宝贵的财富。

收蜜是另一项繁重的任务。每次采蜜时，老冯都要将一个个蜂巢从蜂箱中取出，放在大锅里加热，将蜂巢中的蜂蜜融化出来。蜜蜂的工作非常精细，它们会从花朵中采集不同种类的花蜜，然后混合成蜂蜜，而蜂蜜的品质也因花种的不同而有所差异。老冯采摘下的蜂蜜，每一批都有着独特的香气和味道。他常常在蜜蜂采蜜后，抚摸着自己刚刚取出的蜂巢，心中产生大大的满足感。

刚开始养蜂的时候，老冯总是大意，常常低估了蜜蜂的警觉性。多次因为操作不当，被蜜蜂蛰得满身是包。

老冯经常笑着回忆起自己与蜜蜂做斗争的日子，眼中透露出一股孩子般的无畏和天真。他常说："刚开始学养蜂，我简直就是蜜蜂的免费试验品，嘿，打滚儿都成了家常便饭。"每当讲到这段经历时，他总是笑得特别爽朗，笑声中带着一种豁达，仿佛他并不后悔那些痛苦的时光，反而觉得那段经历给自己增添了不少生动的记忆。

他说有一次自己差点没能走出蜜蜂的"包围圈"。那天他没戴面罩，给蜂箱调整蜂巢架时，不小心碰到了蜂群的神经，一阵骚动后，整个蜂巢的蜜蜂像失去理智般涌了出来，几乎把他团团围住。起初老冯并没有意识到事情的严重性，直到数十只蜜蜂同时开始攻击他的面部。他一下子被蛰得嘴巴、脸颊全肿了，那疼痛让他无法忍受，于是他赶紧转身没命地往山坡下跑。可蜜蜂不依不饶，一直追着他飞，老冯跑得像个疯子，满山遍野地跑。他的脚本就不利索，加上脚底打滑，他整个跌倒在地，像个孩子一样满地打滚儿。

老冯回忆起这些事来时，常常带着一丝自嘲和不以为然的笑。他说："那次，整整一个星期，我连嘴巴都张不开，说话就疼，简直就是'蜂毒'侵袭。要是再被蛰上两三下，估计得去趟医院。不过，那时候真是快乐的——虽然痛，可心里有一种说不出的快乐。"他望着远处的山景，似乎在回味那段被蜂蜜折磨的日子。

渐渐地，老冯学会了更加小心翼翼地与这些蜜蜂相处。他学会了观察蜂群的动静，掌握了喷烟的技巧，让蜜蜂放松警惕，避免不必要的冲突。

（四）

随着时间的推移，老冯渐渐地成了道观的"负责人"。拜访道观的人越来越多，以寻求庇佑或安慰。大多数来这里的人是在生活中遭遇困境或有心愿未能实现他们带着一种虔诚和期待，来到这里求得一线希望。

其中有一些人是为了求健康，尤其村里年纪较大的老人，身体不太好，常常前来祈求保佑，求个长寿平安；还有一些人是为了求子嗣，尤其那些多年未能怀孕的夫妻，听说道观灵验，便前来点香许愿；更多的人则是为了解决心中的疑惑，求解运势，祈求事业顺利或家庭和睦。有人带着祭品，有人带着心愿卡，每一位来访者都会在道观前燃起一炷香，双手合十，默默许下心愿，然后等着祈求的神明答应他们的愿望。老冯主要负责的是管理道观的一些日常事务，包括点香、接待香客、打理庙会、修整香火、清洁祭坛等。有村民会跟他聊一会儿，他也就陪着聊一会儿。

后来村民把道观和老冯联系在了一起，说到道观就说是“冯拐子那个道观很灵”。这种说法传得越来越广，几乎成为村里的一种口碑。每当听到这样的评价，老冯心里总是有些自豪，虽然不是他的功劳，但说明大家过得顺遂了，他说：“这值得高兴。”

（五）

老冯不仅是养蜂人，也是养心人。人们总能从他身上看到那种宁静与从容，仿佛山中那棵不动的古树，经历过风雨，却依然稳固。他的心像蜂蜜一样，清澈而厚重。冬天，寒风刺骨，他会坐在道观的炉火旁看书。他最爱的是《易经》和《道德经》，他说，这里面的智慧是对自然、对人生、对人心最深的洞察。他说，“天行健，君子以自强不息”，这让他明白，不论生活如何波动，只有坚韧和自我超越，才能走得更远。每当他翻开这些古老的书籍，仿佛整个山林都安静了，时间都慢了下来。他常常讲，世上最难得的是一颗平和的心。

一年冬天，寒风凛冽，一个女人站在道观门口。她的脸冻得通红，眼神迷茫，满是忧虑。她走到神像前，点燃香火，双手合十，嘴里低声念叨着什么。老冯看着她，心里一紧。她的右手只有一个大拇指，其他手指都不见了。老冯知道，她一定经历了不幸。

他走上前询问："你怎么了？"

女人抬起头，眼神中带着无助。她轻轻诉说起自己和丈夫的遭遇。那天，他们在收割稻谷时，割稻机发生故障。丈夫弯腰修理时，机器忽然启动，割去了他们的手指。她的右手失去了四根手指，丈夫的右手也只剩下了两根。突如其来的灾难让她的生活完全改变了。失去劳动能力，收入断了，孩子上学的钱也没了。"我……我现在连饭都做不了，家里的孩子也没钱上学。"女人的声音哽咽，眼泪不自觉地又流了下来。

老冯静静地听着，他既没有急着安慰她，也没有马上给她提出解决办法。沉默了很久，他才缓缓地开口："你们不能总看眼前的困难。生活不只有困境，也有转机。"

老冯告诉女人，养蜂是一个适合他们这样的人的生意，不急，不用快节奏，虽然需要一些耐心，但可以在任何情况下做。女人听后，眼神渐渐亮了起来，似乎从老冯的话语中看到了些许希望。

老冯没有打算从中谋利，他不仅仅是给他们指条路，而是亲自教授他们养蜂的技术。他给了她一些蜜蜂、几个蜂箱，教他们如何喂养、如何照顾蜜蜂，甚至在最初的日子里，他一遍又一遍地跟他们说："蜂蜜需要心静，心静了，蜜蜂自然也会安稳。"经常安慰他们不要着急，慢慢来。

那段时间，冬雪渐渐融化，春天的阳光照进山谷，女人和丈夫开始跟着老冯学习养蜂，后来又回到他们所在的村庄去养蜂。几年后，他们的生活好起来了，孩子也上了大学，一家人常来找老冯聊天，似乎是老朋友间的问候。

在沉默的山间，老冯既养蜂，又养心。老冯的生活似蜂蜜，虽然清淡，但甘甜且持久。

父与子

老邱一头白发，满脸黑痣，那痣多得像星星散落在苍白的天空，岁月在他脸上刻下了深深的痕迹。今年他 55 岁，整个人看起来比同龄人显得更加苍老和沧桑。每天他在鱼市上忙碌着，操着一口浓重的鄱阳方言和顾客讨价还价，老邱从不掩饰自己心底那份与生俱来的幽默。他常常笑着说，自己的名字叫邱声，“邱声，求生”，因此他这一辈子总是过得那么艰难。

对于自己未曾改变过的命运，老邱早已习惯，只是偶尔会有些自嘲。他把自己的名字当作一个笑话讲给别人听，但那笑里藏着深深的无奈和寂寞。

他的儿子名字叫邱志，今年 28 岁，结婚已经五年，却始终未能让老邱抱上孙子。每每谈起这事，老邱总是皱着眉头，先是叹一口气，随即开口："我看还是名字没取好，邱志，'求子'啊，求了五年，还没生个孙子来。"他自嘲般的幽默透露着一丝无奈与愁绪，仿佛那名字成了他心中的一种宿命，束缚着他和儿子之间所有的希望与渴望。

老邱的幽默总带着些许哲理和深沉的情感。他说："我这个姓啊，就是不太好，啥都要求，啥都求不来。"他笑着摇摇头。他说如果有了孙子，一定要给他取名字叫"邱就有"，那样一切都有了。听着他那不经意间说出的笑话，我不禁感叹，老邱的幽默中满是他无声的遗憾与期许。

我曾一度好奇，想问问老邱他的父亲叫什么名字。可是，话到嘴边，我却停了下来。这个问题显得有些不妥。

（一）

老邱住在鄱阳湖畔的虎山村。村子依湖而建，静谧而优美，几乎与外界的喧嚣隔绝开来。站在村口，首先映入眼帘的是一片片苍翠的稻田，绿意盎然。村中的房屋错落有致，大多是低矮的砖房，屋顶上常常覆着一层岁月的痕迹，或风化的痕迹，或青苔的覆盖。每当朝阳洒下，湖面泛起点点金光，整片村落便被金色的晨曦轻轻包围，仿佛被一层温柔的薄纱覆盖。

这里的土地肥沃，湖水滋润，给予了村民们丰富的自然资源。虽然没有城市的繁华与热闹，但虎山村的每一寸土地都显得格外安详。村子周围被一片片水域环绕，四季湖水流转，给这里的人们带来无尽的资源与机遇。尤其受鄱阳湖的湖水所滋养，每年都有成群的渔民、农人因着这里的生态而得以生存繁衍。而老邱家的鱼塘就藏匿在这个湖区的一小片湖湾中，里面静静地养着一池好鱼，仿佛这里的一切都与大自然融为一体，水清，鱼鲜，天蓝，云白。

或许是因为周围山脉的轮廓像一只静卧的猛虎，村子才因此而得名，这里视野开阔，一眼望去，能在远处的山脉间捕捉到那种苍劲的轮廓。这里的山虽不高，却有着岁月的积淀，蜿蜒的水道穿梭其间，形成一道道自然的屏障，将整个村子包围得安静又隐秘。这里既没有喧嚣的集市，也没有高楼大厦，只有那平静的湖水与热情的村民，日出而作，日落而息。

对老邱来说，这片水域不仅是他的生计，更是他生命的一部分，深深扎根在这片古老的土地上。

老邱和小邱住在鄱阳湖边上的虎山村，家有一个鱼塘养鱼，鱼的种类丰富，鲫鱼、雄鱼、草鱼、大头鱼、黑鱼、红尾鱼等应有尽有。由于在鄱阳湖流域，天然的淡水养出的鱼肉质鲜美，市场需求量大。

老邱养鱼已经有二十多年了。从年轻时起，他便与这片湖水结下了深厚的缘分。

年轻时，他一边养鱼，一边种地。他有 10 亩地，种的是水稻。那时候，老邱常常在水田和鱼塘之间来回奔波，种稻时，他一半时间泡在稻田里，另一半时间则忙着养鱼。他说种稻辛苦，从插秧到施肥、除草、灌溉，每一步都要亲力亲为，其中夏天尤其繁忙。炎热的天气让稻田里的杂草生长得飞快，而稻田中的水位必须保持在合适的高度，既不能太低，避免水稻干枯，也不能太高，怕稻根腐烂。老邱常常站在田埂上，目光紧紧盯着水面，手里拿着铲子或木棒，仔细地清理着水草和浮萍，确保水流畅通。

稻田里不单单有禾苗，老邱还会在其中养些鱼。他选了一些耐湿耐热的小鲤鱼和泥鳅放在水田里。那些鱼儿在泥水中游弋，吃掉水中的小虫和杂草根，既能帮忙清理环境，又能为稻田提供天然肥料。到了夏末，稻田的水位逐渐下降，鱼群便开始慢慢露出水面。此时，老邱早早做好准备，拿着网兜和桶，仔细地把鱼一条条地抓上来。抓鱼的过程充满了乐趣，每当水波荡漾，他就能看到那群鱼儿在泥水中欢快地跳跃，阳光洒在水面上，泛起粼粼波光，给忙碌的农村生活带来几分轻松和温暖。

老邱总说，那时稻田不仅能种出好米，还能养出好鱼，两者相辅相成，形成了一种自然的循环。

那时候的他腰弯得像一棵曲折的稻秧，浑身湿透，双手满是老茧。

尽管忙碌，每年年底收割的季节却是他最充实的时光。金黄的稻穗沉甸甸地挂在稻秧上，秋风吹过，田间一片金黄。老邱手拿镰刀，每次挥下去都带着沉甸甸的重量，那些稻穗一束束被割下，堆成一堆堆。

但即便如此，年年种地的收入都只能勉强覆盖成本，忙碌一年下来，剩下的只是些许稻谷，根本没有盈余。

于是，慢慢地，老邱将更多精力放在了养鱼上。鱼塘成了他生命的一部分。每年冬天，他会撒下鱼苗，细心照料。七八个月后，他便开始忙着打捞那些长成大鱼的个体。那时的他每天凌晨两点便开始捕鱼，起得早，操心重，特别是担心鱼的健康。捕鱼时，他总得穿梭于湿漉漉的水塘间，撒下鱼食、喂药，哪怕大风吹过，雨打水面，他也得一刻不停地忙碌着。每当鱼塘的鱼长得足够大，老邱便开始准备收网了。捕鱼的过程最为艰辛，几乎每个早晨他都要跟时间赛跑。鱼贩子通常会在五点准时来收鱼，他从不敢迟到，生怕鱼卖不出去。

鱼塘的鱼大部分被卖给了二道贩子，老邱的收入微薄，然而，他从不抱怨。那时候，家里除了米和鱼，再没有其他收入，生活似乎总是难以改善。可老邱深知，这些辛劳和艰难正是他生存的意义所在。“至少有米，有鱼，生活就不算太差。”每一次看到家里桌上的米饭和那盘新鲜的鱼，他便有一种深深的满足感。鱼塘的每一条鱼、每一滴水都是他心血的结晶。

（二）

现在老邱和小邱的生活依旧忙碌，每隔一天便去捕鱼一次。每次凌晨两点出发，他背着一张大网，撑着小船，沿着水塘悄无声息地滑行。捕捞的时间通常长达三个小时，最多能打捞出大约 200 斤鱼。打上来的鱼被装进蓝色的大塑料桶里，接着他们开着家里的那辆灰色面包车，一路从虎山村驶向南昌的市场。市场上的人们都知道老邱，见到他带着那几只装满新鲜鱼的大桶，立刻便会围拢过来。老邱的每一条鱼都保持着最原始的鲜美味道。

捕鱼是一项苦活，尤其在清晨。三小时的时间里，老邱和小邱默契配合，长满老茧的手熟练地将网收起，然后把那些鱼一条条从渔网上卸下来，大概有 150 来斤。每条鱼都被小心翼翼地放进蓝色大塑料桶里，桶口冒出水花，渔网里原本安静的鱼儿此时纷纷挣扎，似乎感受到了命运的结束。

老邱的摊位是一块长方形的厚石头。石头表面坑坑洼洼，有的地方甚至已经磨得光滑，仿佛与他多年的劳作融为了一体。老邱拿出一块蓝色塑料布铺在大石头上，石头表面是他常年使用的痕迹，刀锋与木棒的划痕已经在上面留下了无数痕迹。那布料上有些褶皱，但这并不影响它对石头表面的覆盖，仿佛它早就与这块石头有了默契，融入了这片市场的晨曦。

摊位的布置极其简单，只有几样工具：两把刀，已经磨得锃亮的刀刃泛着冷光；一根木棒，粗糙的外表被老邱的手掌磨得光滑，木棒的头部已经有些许裂纹；几个铁盆，里头放着刚剖好的鱼和剁下的鱼头；还有一个老旧的铁制的钱箱，用来装那些辛苦赚来的零散现金。尽管这些工具简陋，甚至显得有些破旧，但见证了老邱多年来的辛劳与坚守。

每当老邱把鱼和设备布置好后，摊位前的空气便开始变得躁动起来。市场上，顾客们早已习惯了老邱家的鱼，他的摊位瞬间被围成了一个热闹的圈子。人群嘈杂，人们的目光不自觉地落在他那几条活蹦乱跳的鱼上。这里的氛围热烈而生动，每个人都知道，老邱家的鱼总是最鲜美的。

老邱的一套动作行云流水。当有顾客指明要哪条鱼时，他的手便迅速抓起那条鱼，动作精准又果断。首先，他拿起那根已磨得光滑的木棒重重敲击鱼头，随着一声清脆的响声，鱼立刻安静下来，尾巴停止晃动。接着，他拿起那把锋利的刀，刀锋毫不迟疑地在鱼身上滑过。每一道刮痕带走的是鱼鳞，刮去的鳞片在石头上发出微弱的“沙沙”声。紧接着，老邱会剖开鱼肚子，刀锋精准地切开鱼皮，暴露出里面闪着银光的内脏。鱼肠和鱼鳔被一一去除，老邱的动作一气呵成，有时根据顾客的要求，他会把鱼切成块，或者直接剁成两半。每一次切割都显得那么从容，刀锋的落下带着精准的力量，每一刀似乎都刻画出鱼的活力与新鲜，仿佛鱼的生命在他刀下依旧鲜活。顾客们的目光紧随其后，老邱的每一个动作都是他们期待的结果。

早晨的市场总是最为热闹，顾客多，需求大，老邱忙得几乎停不下来。鱼的腥味弥漫在空气中，人们排着队等待，而老邱总是有条不紊地处理着每一条鱼。每次刮鳞、剖鱼的间隙，他都会大声提醒：“等一下哈，不要急，杀不赢哦。”他的语气总是那么着急。

有时，第一次来的顾客会问起价格，老邱的眼睛仅仅抬一下，随即回道：“鲫鱼 12 块一斤，草鱼 8 块，雄鱼 8 块，鲶鱼 18 块，桂鱼 50 块。”每次报完价格，他便继续忙着手里的活。若是太过忙碌，老邱干脆懒得解释，简单而不失礼貌地说：“价格不用问，反正不会高于市场价。”这时，排队的老顾客们便会帮他补充说：“他家的鱼鲜美、便宜，比那边便宜 1 块钱呢。”话语中带着一份信任和默契，仿佛老邱的鱼不需要更多的解释和推销。

市场的喧闹与热烈伴随着老邱稳健的手法和淡然的气度，织成了一幅独属于这个摊位的画面。每一条鱼的处理每一位顾客的期待都成了他日复一日坚持的动力。那些看似简单的动作在老邱的手中变得深刻而有力，承载着他对生计的执着与对生活的热爱。

小邱通常站在老邱的旁边，默默地忙着拿鱼、装鱼、收钱。每当市场上的人群越来越多，气氛愈加喧嚣，小邱就更加忙碌，确保每个顾客的需求都能得到满足。尽管他在旁边帮忙，但总感觉自己有些力不从心。有时他也会帮忙杀鱼，但动作总是比老邱慢一拍。他的小心翼翼让他每一次刮鳞、切割时都显得有些迟疑，刀刃在鱼鳞上停顿的瞬间，似乎连空气都在提醒他动作不够迅速。

“你这样太慢了，我来我来。”老邱的声音常常在他的耳边响起，虽然语气平和，但言辞间有些许不耐。老邱从来不温柔，他的手总是比小邱的快，每次接过鱼，动作果断、干脆。老邱不想浪费任何时间，特别是在这片拥挤的市场里，他必须保持效率。每当小邱的动作稍显迟缓，老邱便会把手伸过去，快速地完成剩下的工作，然后抬头看向前排等待的顾客，继续忙碌着。

对于老邱来说，这种劳作的节奏已经成为他生活的一部分。他的手早已磨出了厚厚的茧，动作迅速且准确，似乎在每一条鱼的处理上都找到了最自然的节奏。小邱站在旁边，看着老邱忙得不可开交，心里有些不甘，但每一次在父亲的批评下，他又感到一种难以言喻的焦虑和无力。

然而，老邱的脾气是这样的，他似乎更倾向自己做一切，即便儿子想要帮忙，他也觉得那样效率不高。在他眼里，能省去麻烦、能快速完成的事比起自己指示别人来得更直接、更顺手。毕竟习惯了孤军奋战的他已经不再需要额外的帮助，他宁愿自己完成这些烦琐的细节，哪怕偶尔看上去有些急躁。

按照老邱的说法，养鱼、卖鱼、杀鱼是一个劳心劳力的生计。他常常感叹，这份工作比大多数职业要辛苦得多。但好在随着岁月的积累，他的收入渐渐有了改善。现在，家里的年收入能达到 20 多万，一年下来，足以让家里的一家老小过得不算富裕，却也不至于捉襟见肘。老邱也曾为现在的收入感到欣慰，虽然辛苦，但至少有稳定的生活来源，家里的米缸里永远不会空，鱼塘的水总是清澈见底。虽然这个收入远不足以奢华，但老邱觉得，至少他能通过双手为家人撑起一个温暖的家。

（三）

老邱说他年轻时还养过猪，当时，养了十几头猪，确实改善了家庭生活。

然而，养猪的辛苦却远超他的预期。每天，他除了要下地干活，还得做各种和猪打交道的活计。其中最让他头疼的是喂猪。每天，老邱都得去割猪草，猪草粗糙而硬，剪起来费时又费力。更麻烦的是，他还得将猪草剁碎，然后煮沸，制作成适合猪吃的饲料。这是一项大工程，几乎每次都得花上好几个小时，幸亏大部分工作由他的妻子承担，但即便如此，每天的繁忙和重复几乎让全家人喘不过气来。

猪舍是他最不愿回忆的地方。每次走进猪舍，臭气熏天，空气里弥漫着潮湿和腐败的气息，混合着猪粪和污水的味道。最忙碌的记忆是，母猪每三个月就会生一次小猪，那时是家里最紧张的时刻。产房里，母猪疼痛的呻吟和小猪的啼叫交织在一起，老邱常常得在深夜里忙着为猪接生。每当母猪产下小猪，老邱总是像对待自己的亲生孩子一样小心翼翼，接生对他来说是一种无比的劳累和折磨。尤其母猪生产时，喂养小猪的过程中，他得不断清理粪便，确保猪仔不被母猪踩伤，几乎整夜不能合眼。老邱说，每当这种时候，他总是吃不下猪肉，心里不由得有些厌恶那味道。

更让他烦恼的是，猪的哭嚎几乎不分昼夜。夜深人静时，猪舍里的叫声往往最为刺耳。尤其小猪生病或争食时的哀嚎，常常将一家人从梦中惊醒。每当这个时候，老邱心里除了疲惫，更多的是那种无助的心烦与焦虑。他曾经多次在深夜里起身，去看看猪是否安稳。那几年，尽管辛苦得让人几乎无法喘息，但至少家里能够吃到猪肉，生活总算过得去，比起许多贫困的农村家庭，老邱家似乎已经算是幸运的了。

然而，猪价的波动让老邱的辛劳显得无比脆弱。有时候猪肉价格高得让人惊讶，家里的猪能卖个好价钱，但也常有低谷时期，猪价急剧下滑。每当猪价低迷，老邱就得忍受那种亏损的痛苦。更让他心痛的是，猪患上猪瘟几乎是灾难性的打击。那一年猪瘟，整个猪群几乎全死了，老邱损失了几万块钱，对他来说，那不仅是经济上的打击，更是一种精神上的崩溃。他常说，猪死了就像亲人死了，心里难受得无法忍受。那一场灾难让他彻底放弃了养猪的想法，决定不再养猪，而是转向了养鱼。

老邱说，虽然养鱼的生计更加辛苦，但他从中找到了不同节奏。养猪时，他还能偶尔在夜晚躺下休息，虽然工作辛劳，但至少有时间喘口气。而养鱼后，情况大不相同。每次捕鱼他都得凌晨两点起床，捕鱼需要他全神贯注，尤其在清晨的鱼群最活跃时，他必须尽全力赶在鱼贩子来之前捕捞。等到鱼贩来了，鱼要迅速装上车。每当他完成这件事便疲惫不堪，也才有机会回家稍作休息，可是这样一来，他的休息时间也被压缩到了最低限度。他渐渐发现，自己几乎再也没能拥有一夜安稳的睡眠。

后来，他不再把鱼卖给鱼贩子，而是自己开车去市场卖，这样一来，他从凌晨忙到黄昏，整整一天都不能合眼，直到第二天晚上才能稍微补充一会儿睡眠。为了多赚一点钱，老邱已经习惯了这种艰难的生活节奏。

这个节奏一直持续了近二十年，直到今天我写他的故事。

（四）

老邱和小邱的关系似乎不那么和谐。每次提到生活的艰辛，老邱总是直言不讳地将责任归咎于儿子“不争气”，仿佛一切的压力和负担都是因为小邱未能像他期待的那样独立和强大。每当老邱这样说，小邱总是笑着回应，语气里带着一丝自嘲：“那谁叫你要生我。”他总是这么说，笑容憨厚，眼神纯真，似乎不再为父亲的批评而感到太多痛苦。小邱笑起来总有一种笨拙的可爱。他的笑容常常能平息周围的紧张气氛，而那份不被命运压垮的豁达仿佛成了他生活的动力。

小邱有自己的困惑与苦衷，他说其实自己也很累。虽然跟着父亲做养鱼生意，但他从来不曾满足过。他也希望有朝一日能离开这种一成不变的生活，尝试一些新鲜的工作。

上学时，他就曾梦想过有一天能去大城市工作，过上和父亲截然不同的生活。在学校里，他并不算最突出的一位，但他总是乐意与同学们相处。尽管家境普通，穿着也不特别讲究，但小邱总是能够通过自己纯粹的个性与朋友们建立起深厚的友谊。班里的同学大多知道他家做鱼生意，因此时常笑称他是“卖鱼佬的儿子”，这一称呼带有一些戏谑，小邱有时觉得被标签化有些不自在，很长一段时间以来，他都希望未来自己能够摆脱这一身份，做一个与鱼无关的人。

小邱上的是一所普通的专科，学的是室内设计专业。毕业后，他曾试图通过这门专业来改变自己的命运，去城市里打拼。但现实总是让人感到无助。刚开始，他进入武汉的一家家装公司做设计师助理，公司的规模还算不错，但小邱的工作极其琐碎。起初，他只是负责给设计师打下手，量房、做记录，什么都得自己去摸索。大多数时候，设计师并不会主动教他，只有当小邱主动提出问题时，才会得到些许指导。随着时间的推移，他逐渐开始接触一些实际的设计工作。量房时，他要在滚烫的地面上走来走去。慢慢地，他开始接触到绘制 CAD 图纸、做设计方案的工作，但设计师要求的图纸量总是多得让他应接不暇，常常因为时间紧迫而熬夜工作。

即使如此，工资依旧低得可怜。小邱以为自己进入设计行业后，收入会大大提高，然而每月仅 2000 多元的工资让他逐渐产生了疑惑。

一次，他在给一个别墅量房时，看着设计师与客户快速谈妥方案，那些豪华的别墅内装有几百万的预算，家具都是进口的名贵木材，设计的每个细节都显得如此奢华，而成交的速度之快令他感到无比震惊。相比之下，他曾为一间小公寓设计过方案，5 万块的预算装修谈了几轮才最终确定。总之他是赚不到什么钱的，加之公司的名校毕业生越来越多，失落感逐渐积累，小邱决定暂时离开设计行业。

后来他做起了外卖员，为了多赚钱，几乎每天他都在两家外卖平台之间奔波，常常一骑就是12个小时。无论遇到风霜雨雪，他都得坚持配送订单，吃饭和休息的时间也压缩到了最低限度。小邱的生活节奏变得极为紧张，脚步从未停歇过，“骑到哪儿，睡到哪儿”成了他唯一的写照。尽管收入相较于设计助理时翻了几番，月均收入达到了 13000 元，但这份工作在极度消耗他的体力和精力。每当他骑到一个空旷的地方，稍微停下，便是短暂的休息时间。他说：“休息就是骑到哪里，车上就躺一会儿。”那段时间，他存了 10 来万块钱，但过度的劳累也让他付出了健康的代价。一次，送完外卖的他回到宿舍开始发高烧，几天的高烧让他元气大伤。他自己也清楚，或许是因为长期的高强度工作和精神的过度紧张，再加上可能感染了病毒，身体的抵抗力再也支撑不住。那场病后，小邱的身体虚弱了许多，老邱也终于意识到，儿子已经无力再承受过多负担。

于是，老邱将小邱提溜回家，子承父业，养鱼。

刚开始时，小邱对这种重复的工作感到枯燥，每隔一天就要跟父亲去鱼塘捕鱼。老邱撒网，小邱撑船。他不擅长，也不喜欢这样的生活，每当撒网撒得不够好，老邱总是忍不住批评他：“你怎么这么慢？”每次被父亲指责，小邱心里都会有些郁闷。

几年过去，鱼塘里鱼的种类越来越多，小邱逐渐熟练了养鱼的技巧，收入也有了显著提升，他觉得生活开始有了一些希望。如今，他计划再承包一个鱼塘，希望能进一步增加收入，给家庭带来更好的生活。

和父亲一起养鱼的这些年，虽然生活依然辛苦，但他发现自己在慢慢改变。自从小邱加入之后，鱼塘的管理变得更加高效，鱼病的情况大大减少。小邱会提前学习鱼类的疾病预防，掌握了水质调节的技巧，治疗方法也越来越娴熟。老邱常常感叹：“年轻人还是更有办法。”小邱听了，心里既高兴，又有些自豪，终于在这片曾经令他厌烦的鱼塘里找到了属于自己的位置。

我问老邱：“养鱼这么多年，有什么人生感悟吗？”老邱说：“酸甜苦辣，辛苦了一辈子。”

但我想，生活从不轻易给人安宁，它用一波又一波挑战考验每一个人。无论是欢笑，还是泪水，痛苦和快乐并肩而行，最终成为我们脚下的路。

老米头

这个看起来脏兮兮的老头姓邓，村里人都知道他是老米头。每当有人需要碾米或者榨油时，都会大声喊：“老米头，打米，打油！”听到这些喊声，老米头总会从那间灰扑扑的机房里走出来，身上总是沾满了灰尘，脸上也是，唯独那双眼睛黝黑有力，像两颗深邃的黑宝石，透露着一种不可忽视的力量。他早已习惯了那样的灰尘，甚至能在其中找到一种安稳的存在感。

老米头的家是一座两层的小砖房，一楼摆着两台年头久远的机器—— 一台是发出哐哐响声的碾米机，另一台则是老旧的榨油机。这些机器见证了老米头和妻子几十年的辛劳，日复一日地运转着。碾米机已经生锈，铁皮的表面满是岁月留下的痕迹。它的漏斗底部漏下的米粒白得像雪一样，落在一只大盆里，而旁边的谷糠则纷纷散落在地上。榨油机更是黏糊糊的，长年累月地榨油，它的每一寸表面都被油渍覆盖，已经没有了最初的光滑。

每天老米头都要亲自操作这些机器。他习惯了扶着一麻袋稻谷，站在碾米机前，慢慢地将稻谷放入那个大大的漏斗中。稻谷就像无数个小生命，轻轻滑入漏斗，经过机器的碾压后，变成了白花花的大米，缓缓地从漏斗下的出口流出。他的动作熟练、缓慢，仿佛这一切已经成为他身体的一部分，甚至不需要太多思考。榨油机是老米头的另一个“伙计”，多年来一直是他生计的来源。每次榨油时，他会把油籽、花生、芝麻等放进漏斗中，经过机器的压榨，金黄的油从一侧流下，而另一侧则是榨出来的油渣。每当看到那油从机器里流出，老米头的内心就会升起一股安慰感，仿佛这些油渣和油滴是他这辈子辛苦劳作的见证。

每天，老米头家里的两台机器都在不停运转，周围的村民们早已习惯了这份机械的嘈杂。因为家里没有其他人帮忙，村民们偶尔会把自己家里收割的稻谷、花生等带来这里，留下后就离开，第二天再来取回打好的米和榨出的油。双方互相之间从不催促，村民可以晚几天取，老米头只需要慢慢完成这些“任务”。

（一）

老米头的儿子名叫大雄。大雄的出生带给了这个家庭无法言说的痛苦。那时候，农村的妇女大多在家里请接生婆来生孩子，很多人甚至没有去医院。大雄是老米头和妻子的第一个孩子，生产时由于长时间的阵痛，婴儿缺氧，导致他一出生就成了脑瘫。那个时候，谁都没想到这个小小的生命将改变他们整个家庭的命运。

大雄从小就与同龄的孩子们显得格外不同。他的成长远远滞后周围的伙伴，发育迟缓，智力也显著低于同龄人。每次村里的小朋友跑跳嬉戏时，大雄总是独自一人站在一旁，眼神空洞，手足笨拙。他学走路时常常跌倒，脚尖着地，踮着脚走得异常缓慢，步伐也总是摇摇晃晃的，像极了刀锋上的舞者，双腿弯曲得不自然，像是剪刀的动作。小小的身影在阳光下被拉长，然而与其他孩子的自然流畅相比，大雄的每一步似乎都在努力和身体对抗。他的步伐总是像极了徘徊在边缘的人，不敢迈开那一步，生怕会跌入不可控制的深渊。

每当看到大雄蹒跚走路的样子，老米头的心里便会一阵阵地刺痛。他的脸上没有太多表情，却能从那满是皱纹的额头上看出无尽的疲惫。老米头知道，这个孩子这一生注定无法像其他孩子那样拥有一片属于自己的天地。他一度幻想过，自己可以陪着大雄走完一段平凡的生活，可是现实却总是给了他一次又一次打击。他从未向大雄说过这些，但每每看到大雄的步伐不稳，老米头的心里便如同被一块巨石压住，无法呼吸。

大雄 10 岁那年做了一件让老米头一辈子都无法忘记的事情。那天，阳光透过窗子洒进屋内，空气中弥漫着夏天特有的湿气。老米头正忙着调整榨油机，听到屋里传来大雄嘀嘀咕咕的说话声。老米头没多想，心想着大雄又在自言自语什么，忽然，屋内传来一阵焦灼的嗞嗞声，随即一股热浪扑面而来。老米头猛地回头，只见火光已经迅速蔓延开来。

那天大雄似乎迷上了火，偷偷溜到灶台旁拿起了一根烧着的木棍玩得起劲。不料，这根木棍落入了旁边油渍堆积的地方，火苗瞬间吞噬了四周的油渍，迅速蔓延至榨油机旁。由于长年榨油，榨油机表面已经油渍斑斑，火焰在其中肆意蔓延，瞬间将整个屋子笼罩。

火灾几乎吞噬了整个房子，除了两台机器和那把老旧的木椅，屋里的所有东西都被烧得支离破碎。家具、米袋，甚至墙壁也被烤得变形了，散发出难闻的焦臭味。最可怕的是，大雄在火中被烧得面目全非，皮肤几乎被火舌吞噬，他发出的痛苦叫声让老米头几乎崩溃。

那一天，老米头像个失去所有理智的疯子，一边扑灭着火，一边拼命寻找大雄。最终，经过紧急处理，大雄被救了出来，但伤势异常严重，身上几乎没有一处完好的地方。虽然大雄保住了性命，但从此大雄再也没有办法正常活动了。

（二）

老米头的女儿名叫玲玲，身形瘦弱，身高大约一米五，整个人显得既消瘦，又略显无力，皮肤也有些偏黄。她从小就不像其他孩子那样活泼，更多的是安静地待在一旁，低调而沉默。

玲玲出生在大雄被烧伤的第二年，那时，老米头夫妻二人已经陷入深深的痛苦中。其实在大雄出生后不久，老米头和妻子曾考虑过再生一个孩子，可那时他们很害怕，担心自己承受不了再生一个需要一辈子照顾的孩子。日子过得艰难，心情沉重。

然而，命运的轨迹总是出人意料。在大雄出事之后，亲戚们纷纷劝说老米头和妻子再生一个孩子，说未来可以让家里这个健康的孩子照顾大雄。在亲戚们的劝说下，老米头夫妻终于打消了心中的顾虑，决定再试试，于是，玲玲降临在了这个家。

玲玲从小聪明乖巧，虽然身材瘦弱，但心地善良，细心能干。她总是帮助父母做一些力所能及的家务活。每次榨油后，地上的油渣、碾米后剩下的谷糠，玲玲都会拿着扫把认真清扫，然后用麻袋一袋袋地装起来。有时，母亲去菜园里忙活，她会一个人在家里默默地做家务。她知道家里有大雄要照顾，父母已经很辛苦了，自己能做点事就尽量去做。此外，玲玲还会跟随母亲去田里种地，虽然她不擅长这些，但她从不抱怨，一边熟练地捉虫，一边帮忙修整棉花树的花蕊。

她的成绩也一向优秀，尤其在学校里，她总是名列前茅。最终，玲玲没让父母失望，考上了北京的一所大学。在北京的四年，玲玲过上了与以前完全不同的生活。她住在学校的宿舍里，校园里弥漫着浓厚的学习氛围，每天都有各类讲座、研讨会和活动。那时的她虽然常常忙于课业，但更多的是享受大学生涯的轻松与自由。每天的课后，她会和同学一起去图书馆自习，或者在校园的草坪上和朋友们聊人生、谈理想。学校的环境轻松而活跃，老师们对学生的期望也不过分高压，学生们的竞争意识大多来自自我驱动，而非外界压力。

然而，毕业后的一切却发生了变化。虽然玲玲进入了一家位于北京市中心的互联网公司做行政工作，薪水不错，一个月 8000 元，最初她很满意自己的工作，但慢慢地，她意识到现实的工作和生活节奏远远超出了她的预期。她住在五环外的一个小区，每天为了赶上6点的公交车，早上五点她就要起床。之后，她需要换乘地铁，整个通勤过程耗费了她近两个小时。每天，早出晚归的通勤让她身心俱疲。即使身处北京这个充满机遇的城市，她也常常感到孤独与无助。尤其回到空荡荡的小公寓时，那种孤独感越发强烈。白天工作上的压力让她感到透不过气，回到家里后，她唯一能做的就是倒头睡觉，第二天再重复相同的忙碌。

北京这座城市充满机遇，但它也有让人透不过气的快节奏。虽然玲玲的工作不错，生活条件也好，但她开始感到迷茫与疲惫。她常常思考，是不是自己活得太拼，丢失了许多本该享受的时光。即使有很多朋友，她依然感到无比孤单。她开始怀念家乡的安宁，开始怀念那种简单的生活。

最终，在北京度过了两年的忙碌后，玲玲决定回到家乡。她知道，这个选择意味着放下自己的职业梦想，意味着不再有那么多的可能性，但她也知道，回到家乡至少能让她放慢脚步，重新审视生活的意义。

回到家乡后，玲玲找到了一份稳定的初中语文老师的工作。她的父母无比高兴，觉得这是最好的选择——稳定的工作，家门口的学校，不需要再为她未来的生活担忧。虽然家乡小，却是她根深蒂固的根基。

老米头和妻子对玲玲的生活也有些担忧，玲玲年纪不小了，27 岁了仍然没有男朋友。

在玲玲还没结婚前，每次谈起这个话题，老米头就会忍不住叹气，老伴也总是念叨：“姑娘也不小了，应该早些成家。”

玲玲并非从未谈过恋爱。在北京的那几年，她曾有过一段深刻的感情。那时，那个男孩英俊潇洒、温文尔雅，话语间总带着一股温柔的力量。初见时，他带她去过许多浪漫的地方——湖边的咖啡馆、藏在胡同里的小餐馆，还有一些街角不起眼的甜品店。每一次约会都像一次精心安排的冒险，玲玲总是能从中感受到久违的轻松和愉快。他们一起逛街、一起看电影，日子过得简单却充满了幸福的味道。随着时间的推移，两人越来越亲密，谈婚论嫁的事情也渐渐摆上了桌面。玲玲开始想象，或许她就这样和他一起走下去，手牵着手，迎接未来的一切。

然而，命运在他们即将迈向下一步时给了她一记重击。她终于决定告诉男孩一个她一直没有提及的秘密——她有一个脑瘫的哥哥，大雄需要她的照顾。几天后，他们和平分手了。没有太多的挽留，甚至没有告别。玲玲反复告诉自己，这种事情很正常，每个人都要为自己而活，一切顺其自然吧。

后来，回到家乡，玲玲也经历了几次相亲。每次一开始，她便会坦白自己家的情况。她总是告诉对方，自己有个脑瘫的哥哥，未来的责任大部分要她来承担。每次说完，男人们的眼神都会变得不再那么热络，最后总是无疾而终。玲玲有些失落，但她知道，自己并不差，学历也不差，只是生活的重担让所有选择都显得有些沉重。她会笑着说："我矮，家里负担重，能看上我的男人估计也没几个。"她明白，生活里总有一些东西是无法逃避的。

直到有一天，她遇见了他。他比她小一岁，长得帅气，笑起来特别阳光。他很直率，玲玲也没有过多掩饰。两人开始聊得多了，发现有许多共同点。男孩对她的理解比她想象中的要深得多，他并没有因为她家里的负担而疏远她。相反，他更多的是想要理解，想要帮助，想要走得更远。他说："一个人连亲人都不要，那还算人吗？放心吧，以后把哥哥接过来。"对玲玲来说，几乎没有什么话比这更温暖的了。她不知道自己怎么会遇到这样一个人。他就像太阳照进了她的世界，所有阴影都被驱散了。

婚后，生活依旧不算轻松，甚至比她在北京时还要忙碌，但她不再孤单。无论未来有多艰难，她知道，有一个人会在她身旁默默支持她。这个小家承载着所有的爱与责任。

（三）

我不知道老米头爱人的名字。她是那种典型的农村妇女，皮肤粗糙，脸上的皱纹深深浅浅，像岁月在她身上刻下的每一道痕迹。手上的关节已经完全变形，每次握住东西，关节都会发出刺耳的响声。她年纪大了，驼背得厉害，走路的时候，身子几乎要垂到地面。她的双手总是脏的——从土地里、从锅碗瓢盆中、从大雄的衣服上沾满了油泥和灰尘。她是家里重要的劳动力，除了照顾大雄，家里的每一件家务事都得靠她来做。

她几乎不笑。她的脸总是安静得出奇，仿佛任何情绪都没有办法渗透她的内心。她的眼神没有什么波动，始终那么平静甚至麻木。跟老米头那种爱笑、话多的性格形成鲜明对比，她更像一块石头，承载着所有重压，沉默而坚韧。

每天清晨，她第一个醒来，悄无声息地去忙碌。她不叫醒任何人，拿着扫把清理屋子、做饭、洗衣，做完这些，她才去田里。在大雄被火烧之后，她的生活几乎被压垮。那时，为了让家里多一点收入，每天她挑着一担菜去集市上卖。菜园子里都是她亲手种的蔬菜：青菜、胡萝卜、茄子、辣椒。每当她挑着担子走到小山脚下的泥土路上时，天色总是刚亮，雾气还未散尽，路面泥泞，鞋底踩在泥巴上发出“咯吱咯吱”的声音。她的身影在晨曦中有些模糊，那时，她几乎要被沉重的担子压垮。可是，她从不回头，也不言累，一步一个脚印地走下去。

有一年雨季，她在泥路上摔了一跤，滑进了旁边的荷塘。当时她全身被泥水浸透，裤子湿得像水布一样，鞋子也没了踪影。她没有哭，没有喊，只是站起来，拍拍身上的泥巴，继续挑着担子走向集市。“那时候湿气重，进了骨头，关节炎是从那时候开始的。”她一边说，一边低下头，语气轻得像在讲一件不痛不痒的往事。

修了水泥路后，骑车去镇上卖菜成了她的新常态。她的车座上总是堆满了新鲜的蔬菜，每次从田间到镇上的路上，她的心里都有一种无言的满足。她从不指望挣多少，她说：“每天卖个60~100块就够了。”这些话说得简单，但在她的眼里，那是一种深深的知足。她能养活一家人，能给大雄买药，能保持家里的平稳，就已经是她活着的全部意义了。

她从来不求什么，只希望自己能一直走下去。她的生活既没有任何华丽的期待，也没有什么惊天动地的梦想。她的世界里只有大雄、老米头和她自己。她说：“能让大雄活得好一点，能养活一家人，能有饭吃，有药吃，能照顾好家里，就满足了。”她没有奢望，更没有抱怨。她的所有感情都藏在那个布满皱纹的脸庞里，藏在那双深深劳作过的手里，藏在每一个沉默的清晨和漫长的黄昏里。她只是低着头，一步步走，一天又一天。

趴在井口看天

每次从井下爬上地面，海叔都会习惯性地抬头看一眼天空。

我问海叔：“趴在井口看天是什么感觉？”

海叔愣了一下，手在工服上随意擦了两下，抬头望了望天，笑了：“感觉天更大，人更小。”

（一）

海叔是洪城的一名排水管道工。48 岁的他个头儿瘦小，皮肤粗糙，穿着一身藏蓝色工服，那工服上的油污和泥点早已洗不干净，成了他工作的一部分。他的任务很简单，却也很不简单：每天爬进城市的大街小巷，清理下水井里的淤泥和垃圾。十年时间，他几乎爬遍了这座城市的一万多口下水井。

很多人觉得这份工作又脏又累，甚至带着些许嫌弃。经过井口时，人们常掩着鼻子匆匆走过，不愿多看一眼。但海叔并不在意，他总是轻描淡写地说："不管多苦多累，总得有人干，不然这城市还能转得动？"话说得随意，却透露着一股朴实的倔强。

海叔所在的水道小组负责城市最繁华、最低洼地段的清掏任务。每天，他和工友们都要巡查街道，打开一个又一个井盖，弯腰探头，检查淤泥积存的情况。碰到积水严重的井道，井口湿滑，工具也不管用，他只能下到井里，用手一点点掏出那些被水泡得发臭的垃圾。有时，井底的污水几乎没过膝盖，腐烂的果皮、塑料袋、破布、废弃的生活垃圾混在一起，捞起来就是一股刺鼻的腥臭味。夏天，井下湿热难耐，汗水和臭味混合，顺着脸颊直往下滴；冬天，井底的湿气钻进骨头里，冻得人直打哆嗦，但手上的活一刻不能停。

海叔记得，有一次碰到一个特别难清理的井道，里面竟然塞满了木条、破旧的自行车轮胎和砖块。那次他足足清理了两天，膝盖跪在井底的泥水里，一天下来，双手被磨出了血口子。

"虽然下水道藏污纳垢，但它是城市的血管，没有它，这城市哪还能运转？"海叔经常对新人工友说这句话。在他看来，水道工的工作没有光环，却是守护城市日常运行的关键一环。路面干净、街道无积水的背后是无数像他这样的水道工人的辛苦付出。

城市的繁华之下，总有一些被人忽略的角落，而这些角落是维系城市秩序的基础。

雨季来时，任务变得繁重。2024 年 4 月的一场暴雨让这座城市陷入了积水的困境。那一天，海叔从清晨忙到深夜，打开一个又一个井盖，清理一处又一处堵塞。站在雨中值守井口，他的腿站得发麻，手上的皮肤也被淤泥里的碎玻璃割了几道口子，伤口混着雨水，刺得人一阵阵疼。

他说："其实忙到后来都没啥感觉了，人就像一台机器，只想着赶紧把活干完，别耽误了人们出行。"

（二）

现在，海叔还清楚地记得十年前第一次打开井盖的场景。那天，领班把他带到一条老街，指着一个老旧的井盖说："来，今天你跟我学着干，打开井盖看看里面堵成什么样了。"

海叔本以为就是简单地掀开井盖看看，没想到，当井盖被撬开的那一瞬间，一股难以形容的恶臭扑面而来，像一堵厚墙一样直撞进他的鼻腔，熏得他当场呛咳起来。他连连后退，弯下腰干呕了好几次，眼泪都快流出来了。领班站在一旁拍了拍他的肩膀，笑着说："这味道得慢慢习惯，别怕，恶心是正常的。"

他捂着鼻子重新靠近井口，往下一看，黑乎乎的淤泥和上面漂浮的垃圾堆积得像一座小山，烂菜叶、塑料袋、破布条混在一起，甚至有一只死老鼠泡在污水里，尾巴软趴趴地耷拉着。"就这些东西堵着管道了，得清干净。"领班把工具递给他，他犹豫了一下，还是接过来，试探着伸进井里去捞垃圾。但没多久，工具就被缠住了。他看着领班挽起袖子直接上手去掏，瞬间愣了几秒，接着只能硬着头皮学着用手去摸。淤泥湿滑，手指碰到烂透的垃圾时，那种黏腻的触感让他浑身起鸡皮疙瘩，脑袋里只有一个念头："这工作真不是人干的。"

那一天从早忙到晚，海叔掏了足足五个井道，每个井都带着不同的味道和"惊喜"。回到家后，他连着洗了三遍澡，还是觉得身上有那股挥之不去的臭味，像是渗进了骨头里，怎么都洗不掉。他苦笑着对自己说："这才第一天，就想打退堂鼓了？"

接下来的几个月是他最难熬的日子。每次掀开井盖，他都要忍住本能的恶心和呕吐；每次捞垃圾，他都得逼自己克服对那些腐烂物的抵触。慢慢地，他开始学着屏住呼吸，也学会了快速分辨淤泥中的杂物——这是一块塑料布，那是被泡烂的鞋子，甚至能一眼认出那些漂浮着的死老鼠。鼻子麻木了，手上的触感也习惯了，他的动作变得越来越熟练，直到有一天，他发现自己居然可以在井道里干活几个小时都不觉得多恶心了。

除了垃圾，井里的“意外”也让他对这份工作有了更多体会。他曾在清理井道时发现过一条硕大的鲶鱼，那鱼足有他胳膊长，一看就养得很肥。原来，有些居民会把鲶鱼放进下水道，说是能疏通管道，但谁也没想到，这些鱼非但没死，反而越长越大，最后把管道堵得更厉害。从那以后，海叔家就再也不买鲶鱼了。他笑着说：“你想想它长大的地方，真下不去口。”

（三）

海叔是进贤县刘家村的村民，他是村里第一个盖双层楼房的人，那栋楼静静地立在村口，不仅是一个标志，也是一段岁月的见证。

早年，海叔主要靠种地为生。他性子踏实，双手粗糙，却始终种不好庄稼。邻居家的稻田总是金黄一片，而他的地里却常因缺水少肥而歉收。明明付出了同样的汗水，却总换不来满意的收成。

那时候，家里穷得连一只像样的牲口都买不起，地头上嗷嗷待哺的几个孩子更让生活压得透不过气。最终，海叔放下了手里的锄头，背着一个破旧的帆布包，坐上开往浙江的长途车，成了村里“出去闯一闯”的年轻人之一。

海叔的第一份稳定工作是在浙江的一家电缆厂。他从最底层的物料搬运工做起，每天在仓库里来回穿梭，把一卷卷沉重的电线从堆放区搬到生产线。那是纯靠力气的活，每天干下来，肩膀像要断了一样。但海叔从不喊累，只是默默咬牙坚持。慢慢地，他熟悉了仓库里的每一处角落，电线的种类、重量甚至摆放位置，他闭着眼都能说出来。领班看他细心肯干，便调他去管库存盘点。他开始学着做记录、对账单，手指夹着笔，一笔一画地把每次的物料出入记录得清清楚楚。

后来，厂里又安排他转到生产线。生产线上的工作讲究精细，刚开始他做得很慢，手脚也常跟不上节奏。但海叔心里想着："慢不要紧，只要不出错。"他总是提前来厂，把操作流程在心里过一遍；下班后，他经常趴在车间门口琢磨那些机器运转的原理。几年下来，他从一开始的"慢手"成了熟练工，工作效率甚至超过了很多年轻人。

十年时间，海叔在电缆厂的积蓄终于变成了他家乡的一栋两层小楼。那是村里的第一栋楼房，当砖瓦垒起，粉墙刷白的那一天，村里几乎全员出动，围在小楼前，啧啧称奇。

对于那个以青瓦土坯为主的村庄来说，这栋楼房是突兀的甚至是超前的。它不只是海叔的成就，更像乡村现代化的一个信号，提醒着那些还在田埂上耕作的人，外面的世界有更大的可能性。

可惜生活从来不只有眼前的成就，还有无法忽视的责任。房子建好后的一段时间里，海叔的父母经常打电话说病痛缠身。每次接到家里打来的电话，他心里都揪得难受，却又无法离开工厂的岗位。几次奔波之后，最终他做了一个让人意外的决定：辞掉工作，回到家乡。

回到家乡的海叔并没有选择安逸。很快他找了一份排水管道工的工作，也就是他目前做了十年的工作。

（四）

海叔的工作从早忙到晚，一天下来几乎没有喘息的时间。中午吃饭的时候是他为数不多的休息时刻。他的午饭是妻子珍姐早上精心准备的，装在一个不锈钢的保温饭盒里。饭盒已经用旧了，边缘微微生了锈，但每次打开，总能看到简单却热乎的饭菜，一般是一荤一素，有时是肉和青菜，有时是鱼与蔬菜。他常说吃着有家里的味道比什么都好。

海叔不挑地方，累了就地而坐。夏天，他会找路边的一块树荫，铺开一张报纸，饭盒放在腿上，边吃边看过往的行人。有时候，清理任务离公园不远，他会坐在公园的石椅上，背后是绿树成荫，头顶是鸣叫的蝉声。冬天时，他喜欢在屋檐下吃饭，避避风。但不论在哪里，吃饭的时候，他总是低着头，动作很快，像是完成一项任务，几分钟就解决一顿饭。饭后，他会抽一根烟，稍微靠着什么东西放松一会儿。

吃饭时，偶尔他和工友们会聊几句家常，但更常聊的是时事和社会热点。虽然海叔文化程度不高，但对新闻特别感兴趣，闲暇时他总爱用手机刷一些新闻视频。聊起时事政治，他总是话头最多的那个。“你看国外那边，总是动乱、打仗，咱们这儿多好，能踏踏实实过日子。”他语气坚定，眼里闪着一丝自豪的光。有人调侃他说：“你懂啥国际局势啊？”他却不在意，只是嘿嘿一笑：“不懂？不懂我敢说话？”

年轻人的新闻也常被他拿来讨论。“年轻人哪能‘躺平’呢？”他一边扒拉饭菜，一边抬头说道，“社会还得靠他们发展啊！”但语气里也透着些许复杂。他往往话锋一转，叹口气接着说：“话说回来，现在的年轻人确实压力大。房子贵，物价高，挣钱难，唉，也不容易。”他说这些话时，眼神里透露着些许怜惜，仿佛在为下一代人担忧。

海叔的讨论看似随意，却透露着一股质朴的关切。他并非知识渊博，也未必能深入理解新闻中的每一个细节，但他的言辞和见解带着一种基层劳动者特有的真实和诚恳。他的世界观既有对自己生活的感恩，也有对社会问题的模糊认知。他从未想过改变世界，但他关心这个世界如何运转，也关心这个世界里的年轻人是否能过得更好。我想，这是一种感人的情怀吧。

那些吃饭时的闲谈让海叔和工友们的关系更加融洽。他们坐在一起，手上端着饭盒，话题从国际新闻到街坊邻里，再到自家孩子的学习和未来。饭盒里的饭菜是简单的，但那些话语和笑声给每一顿饭增添了几分滋味。

虽然这样的午间时光短暂，却透露着一份难得的温情和惬意。在这钢筋水泥的城市中，他们的午饭时间就像一片安静的角落，暂时与外界的喧嚣隔绝。而这样的角落或许正是城市最真实、最温暖的一部分。

（五）

海叔的妻子珍姐是一个性格温婉的女人。她染着棕色的头发梳成一条细长的辫子，自然地垂在左侧肩膀上。第一次见她时，乍一看竟有几分像古代画中的女子，浑身带着一种朴素的端庄。

珍姐的店开在县城的菜市场里，是一个仅有 10 平方米的小门面。门店的位置偏僻，藏在市场最里面的角落，只有那些常年在市场里穿行的人才知道这家小店的存在。门口挂着几匹五彩布料，微风吹过时，布料轻轻摇动，像是在招呼行人。店里的空间狭窄，但摆满了各种布料，有印着碎花的棉布，有质地柔软的丝绸，还有冬天用来做棉被的粗布。靠近墙角的位置是一台略显陈旧的缝纫机，机身被磨得发亮，似乎诉说着它的年岁和主人的勤勉。

珍姐一整天几乎都坐在缝纫机旁，低头专注地忙着手里的活。她的手法娴熟，裁布、缝边、熨帖，每个动作都干净利落，像是经过了无数次练习。顾客一进门，她会立刻站起身，脸上带着温和的笑容，热情地招呼："来看看布料吧，都是好料子，做被套枕套最合适。"她的介绍总是简洁而自信，那语气里带着对自己手艺的笃定。

虽然门店简陋，但珍姐的布料从不让人失望。很多附近的居民都喜欢来她这里买布料，尤其那些精打细算的主妇。"家纺店的价格高，还不一定质量好，珍姐这儿便宜又耐用。"这是很多人共同的评价。她的店逐渐成了菜市场里隐藏的"宝藏"，一传十，十传百，顾客络绎不绝。

珍姐不仅卖布料，还兼做衣服和改衣服。如今虽然找她做衣服的人少了，但她的手艺依然精湛。"以前我在杭州的服装厂干过，那可是给国际一线品牌代工的。"她偶尔会提起过去的时光，话里带着一丝怀念。她说，她做过女士风衣、晚礼服、男士西装，甚至参与过一些高定款的生产。说到这些，她的眼睛里会泛起光芒，像是回到了那段繁忙又充实的岁月。

有一次，她从店里的布料堆里拿出几件自己做的衣服给我看。一条女士长裙，裁剪流畅，布料柔顺地贴合着曲线；一件男士衬衫，线迹整齐，没有多余的线头。即便是在这样简陋的设备下，这些衣服依然透露着一股专业的精致感。她拍了拍裙子的下摆，轻轻叹了口气："现在谁还做这些？找我的人都是改裤腿、做睡衣。唉，这么好的手艺都快浪费了。"

珍姐的小店就像她本人的缩影，简朴而执着。她的布料和缝纫机见证了她从杭州到进贤县的转变，也承载了她对生活的坚守。从繁忙的服装厂到菜市场里的小店，她没有失落，没有怨言，只是默默地用自己的双手维持着这个家庭的一部分生计。

如果说海叔是家庭的"硬支柱"，珍姐便是家庭的"柔力量"。或许她的店铺不起眼，但布料的纹理、缝纫机的声音构成了她独特的小天地。而她的存在也让海叔在辛苦工作之余，有了回家的牵挂和安慰。

（六）

海叔有六个孩子，五个女儿一个儿子，五个女儿都已出嫁，儿子在外地工作。海叔的儿子读了大学，学的是计算机专业。这个儿子是海叔的希望，也是他的骄傲。海叔很少对外提起自己的担忧，但每次谈到儿子的未来，他的眼神总会闪过一丝不易察觉的不安。

对海叔来说，孩子读大学是一件了不起的事，他这一辈子没离开过基层劳作，总觉得"铁饭碗"才是最可靠的归宿。海叔常常想，如果儿子能考上国家单位，拿着稳定的工资，日子就算稳稳当当了。可他又隐隐知道，这个时代早已变得不同了。他听工友提过，年轻人追求的不是安稳，而是发展的机会。但对他来说，这样的观念总归是陌生的。

儿子大学快毕业的那一年，海叔心里有了更多牵挂。每天在井下忙碌时，他常常琢磨着：儿子能找到什么样的工作？能不能在城里扎下根？想到这些，他会不自觉地加快手上的动作，仿佛井里的污泥清得越快，心里的担忧越能少一分。晚上回到家，海叔坐在院子的小板凳上，点上一根烟，看着远处的夜空发呆。他一边抽烟，一边想着，儿子的人生到底该怎么过？社会的变化让他感到陌生，而儿子的未来又让他感到渺茫。

后来，海叔的儿子终于找到了工作，是一家互联网公司，月薪 12000 元。海叔接到消息时，愣了一会儿才回过神来。他的第一反应并不是高兴，而是隐约的担忧：这样的工作能稳定多久？互联网行业是不是如新闻里说的那样压力巨大？可转念一想，他觉得自己未免操心得太多了。他知道，儿子已经长大，有了自己的路，作为父亲，他的角色早已不再是引导者，而是支持者。

后来，海叔时常听儿子提起工作上的事。儿子说公司节奏快，常常加班到深夜，但自己很喜欢，也学到了很多新东西。海叔听得仔细，却插不上太多话。他对互联网一窍不通，只能默默点头，暗自庆幸孩子过得还算不错。他偶尔也会想，如果儿子能留在家乡，日子可能简单一些，但这样的想法很快被他压下去了。他知道，年轻人有年轻人的世界，他不能把自己的想法强加给儿子。

几年后，儿子存够了钱，在城市里买了一套小房子。海叔既高兴儿子有了自己的家，也感慨时间过得太快。他回想起十几年前，自己第一次用打工攒的钱在村里盖起楼房的情景，那时他觉得自己已经做到了最好，可如今，儿子走得更远了，他的心里多了一份说不出的自豪。

对海叔来说，儿子的成长让他看到了一个更广阔的世界，也让他意识到时代的更替。或许他不完全明白儿子的选择和工作，但他选择尊重和支持。

现在海叔仍然在日复一日地工作，他还是会在出井时看一眼天空，甚至在累的时候趴在井口看天空，那种感觉只有海叔懂，是休憩，是畅想，是另一个角度的世界。

人胜其名

都说人如其名，阿勇却常说："我人不如名。"他自觉内心软弱，因为软弱才需要不断强大自己。但了解他的故事后，我倒觉得他是"人胜其名"。

（一）

阿勇出生在粤西的一个小村庄。20世纪80年代，家家户户都过着贫困的生活。阿勇家住的是一座破旧的土墙瓦房，屋顶漏水成了常态。每逢雨季，阿勇家总得在客厅里摆几个盆接水，屋里湿气重，墙壁总是发霉，连屋里的一口大锅也因潮湿而散发着臭味。每当冷风吹进屋里，房间里的气温降得更快，阿勇常常裹着一条旧棉被，瑟瑟发抖。阿勇说小时候吃不饱饭，红薯成了他唯一的“朋友”。他记得母亲常常在灶台旁忙活，红薯粥、红薯饭、烤红薯，每次饭桌上的主角总是它，阿勇已经习惯了红薯的味道。家里没有米，连盐也常常不够，偶尔能从邻居家借到一些，做个简单的咸菜，便成了全家最奢侈的味道。

阿勇的记忆中，家里没有电灯，每到晚上，阿勇只能在煤油灯下写作业。那盏煤油灯的火光昏黄，摇曳不定。每次阿勇写字时，都会吸入一股浓烈的煤油味，眼睛也因光线昏暗而刺痛。

下雨时，阿勇从未打过伞。那时候，家里只有两件破旧的塑料布雨衣，阿勇穿上后，常常得低头弯腰才能尽量不被淋湿。雨衣是母亲做的，做工粗糙，一个小帽子，一大块雨布，几乎无法遮住整个身子。每到下雨天，他总是披着那件雨衣，走在泥泞的乡间小路上。湿透的鞋子在泥水里蹚过，衣服紧紧贴在身上，风一吹，冷得让人发抖。对于那些日子，阿勇回忆起来仍然是快乐的。

在那个物资匮乏的年代，阿勇家唯一的家电便是一台老旧的收音机。那台收音机的外壳已经有些褪色，电池盖上有一个小裂缝，每次开机都需要一阵子才能找到信号。阿勇记得，收音机的声音总是断断续续，时常夹杂着噼啪的杂音，仿佛是从遥远的地方传来的。

每当夜幕降临，阿勇便坐在昏黄的煤油灯下，安静地听着那台小小的收音机传来的信息。

那时的收音机是村里每家每户的“信息来源”。虽然信号不好，但阿勇总能从收音机里了解外面的世界：城市的变化、远方的新闻，甚至国际大事。每到晚上，村子里的人们常常围坐在一起，收音机发出的声音拉近了彼此的距离。阿勇记得，他常常听到新闻主播的声音清晰而坚定，仿佛世界上所有事情都在那个声音里发生，而自己却只能在这个小小的村庄里度过日复一日。收音机也播放着流行的歌谣，有时阿勇会跟着那些旋律哼唱，仿佛能够借着这些歌曲和外面的世界建立联系。

在那个没有电视、手机的年代，收音机是他了解世界的唯一途径。虽然家庭并不富裕，但阿勇的父亲会把家里的收音机放在每个需要的地方，家里的长辈们也会聚在一起听一听国家大事或各种娱乐节目。阿勇能从广播里听到许多关于未来的梦与希望，他甚至幻想着有一天，自己也能像那些广播中的人一样，站在更广阔的舞台上。

直到阿勇进入社会后，家里有了第一台电视机。那时候，阿勇已经在广州工作了一段时间，生活慢慢变得宽裕了一些。记得那个夏天，阿勇用自己辛辛苦苦打工赚来的第一笔积蓄买下了那台黑白电视。电视机是二手的，屏幕有些褪色，接收的信号时好时坏，但对于阿勇来说，那是他成年后送给家里的第一个大礼物。

（二）

阿勇没有读过大学。高中毕业后，他便踏上了打拼的路。那年，他刚满 16 岁，怀揣着对外面世界的好奇和渴望，跟随哥哥来到佛山的一个瓷砖厂工作。那个年代，对大多数农村家庭来说，能进城打工已经是难得的机会。阿勇的父母对他进入社会表示支持，但心底藏着一些不舍和担忧。

他进入瓷砖厂成为一名制坯工。每天，阿勇都要在机器的轰鸣声中工作很长时间。工作环境非常艰苦，必须全程戴着厚重的防尘口罩，那些瓷砖的灰尘和机器的噪声让他感到无比压抑。每次操作制坯机，他都小心翼翼地调整着机器的参数，以确保每一片瓷砖坯体都能够符合生产要求。看似简单的工作其实需要极高的耐性和细致入微的专注力。然而，这种高强度的体力劳动很快让阿勇的肺功能下降，日积月累的尘土和劳累让他常常咳嗽不停，几乎每天回到宿舍，都能感到肺部像被什么东西压住一般沉重。

在制坯线工作的日子里，阿勇的年纪最小，常常被一些年长的工人欺负。那些老工人看他年轻又腼腆，总是对他摆出一副指使的姿态。每到中午，阿勇常常被要求去打饭、洗鞋子，甚至帮忙搬运一些沉重的物品。但他从不敢反抗，只是默默承受，因为他知道，在这个陌生的城市里，他没有任何依靠。那些日子，他常常觉得自己就像一块被抛弃的石头，在这个世界上没有任何存在的价值。一次又一次的委屈让阿勇变得越来越沉默，但他依然没有放弃。

后来，阿勇决定转行。他没有继续在工厂里做制坯工，而是转到了销售岗位上。销售工作对阿勇来说是一次巨大的历练，也是一段从零开始的成长过程。一开始，他的腼腆和内向让他几乎无法开口与客户沟通。面对陌生的客户，他常常紧张得语无伦次，话语卡在喉咙里。但他知道，想要真正走出困境，唯有改变自己，才能迎接更大的挑战。

在销售岗位上，阿勇经历了无数次挫败与低谷。他必须跑遍各地，向潜在客户推销瓷砖。每一次与客户洽谈，他的心脏都会剧烈跳动。刚开始，他甚至害怕与人眼神接触，生怕说错话会让客户失去对自己的信任。为了改变这一切，他开始不断练习与人交谈的技巧，从小小的问候开始，慢慢地学会倾听客户的需求，再根据这些需求为其推荐合适的产品。每次在谈判桌上，他都小心翼翼地斟酌着自己的话语，随着时间的推移，他的自信逐渐建立起来。

阿勇的努力没有白费。虽然过程艰难，但他通过不断努力，逐渐克服了自己的紧张和不安。他开始能够自然地与客户沟通，甚至能提出一些专业的见解，赢得了客户的信任。在这个过程中，阿勇学会了如何在复杂的环境中迅速做出判断如何在压力中寻找解决问题的方法，这些经历让他迅速成长，也让他意识到自己的潜力远远超出了想象。

回想起那段日子，阿勇常常笑着说："我 16 岁出嚟揾食，咩苦都食过晒啦！"

这不仅是他当时的真实写照，也是他心中不屈不挠的精神象征。虽然每天奔波劳碌，早出晚归，但阿勇在其中收获了巨大的成长。那时，他学会了如何从失败中汲取教训、如何在他人的嘲笑和冷眼中坚持自己的信念，逐步变得更加成熟和坚韧。

销售工作不仅给予了阿勇前所未有的挑战，也带来了难以估量的收获。通过一单单的成功交易，他不仅实现了经济上的独立，还积累了无形的财富——自信和人际交往的能力。阿勇明白，这份工作的价值不仅仅在于他能够赚到更多的钱，更在于它改变了他的人生轨迹，让他看到了自己的无限可能。

（三）

阿勇在社会上摸爬滚打了二十多年。岁月的磨砺不仅让他走出了那个贫困的村庄，也塑造了他坚韧的性格和沉稳的气质。如今，他在花都区有了自己的办公室，为了生计而奔波的日子已经成为历史。然而，坐在宽敞的办公室内，他时常回想起从前那段艰辛的岁月。那时，他不敢奢望今天的生活，只能靠一双手和一颗拼劲十足的心默默奋斗。

从贫困到富足，这一路的艰难与成长，阿勇感触颇深。那时，他家的土墙瓦房四面漏风，雨季时常得将盆子摆满客厅接水。每当风雨交加的夜晚，他躲在被子里，耳边是雨滴打在屋顶的声音，心里始终有一个声音在告诉自己：一定要走出去，一定要改变命运。如今，他站在城市的高楼大厦之间，享受着舒适的办公室和安静的生活，却依然清楚地记得小时候一餐红薯、一盏煤油灯的艰难时光。

曾经的阿勇整日浑浑噩噩地在贫困中挣扎。直到他走出家门，来到都市，才开始真正体会到生活的另一面。

今天，阿勇已不再需要为每一单生意而焦虑。曾经为了生存而奔波的岁月早已被今天的稳定与富足所替代。花都区的办公室，窗外是熙熙攘攘的都市景象，室内却一片安静。他不再为钱发愁，而是把更多精力投入自己的修养上。他时常在办公桌前摊开纸张，取出毛笔，写写书法。这些字看似随性洒脱，却充满着内在的力量和智慧。他说，写书法能让自己静下来，而在静谧中，他的内心更能听到那些往昔的声音——那是他为自己、为家人、为未来所做的一切牺牲和努力。

（四）

阿勇有过几段恋爱，每一段恋爱都在他的生命中留下了不同的印记。但最让他放不下的还是那段持续了三年的恋爱。这段恋情始于他决定圆自己大学梦的时候，那时候的阿勇已然不再是那个只会在工地上挥汗如雨的少年，他渴望有更多的可能，渴望突破眼前的局限。于是，他决定报名参加夜校，在广州大学城的一栋小楼里开始了他的金融学习。

这栋楼并不起眼，外面的墙面因为年久失修而有些斑驳，楼里密密麻麻地塞满了各种各样的培训机构，走廊里常常充斥着各种各样的学习氛围，有些教室里学的是外语，有些教室里学的是计算机技能，还有不少是为了提升学历而开设的课程。每晚，阿勇都会穿过喧嚣的楼道，推开那扇灰色的木门，进入自己的教室。室内灯光昏黄，空气中弥漫着油墨和书本的味道，窗外是大学城的繁华景象，而这里却像一个孤岛，承载着他对未来的渴望和不安。

在这个小小的夜校里，他遇到了一个改变他人生轨迹的女老师。她是本地一所大学的研究生，身材修长，面容精致，笑容中带着一种与生俱来的温柔。每当她站在讲台上，用清晰而甜美的声音讲解金融课程时，阿勇总是会陷入她的言辞之中，仿佛那些枯燥的数字和公式都因为她的语调而变得生动起来。她不只教课，更多的是传递一种积极的生活态度，那种能让人看到希望的眼神像极了从未见过的阳光。

阿勇开始变得勤奋，在课堂上，他主动提问，在课后，他翻开教科书时更加专注，他对她的欣赏不只是简单的外貌吸引，而是逐渐形成了对她才华的崇敬。渐渐地，阿勇把更多的注意力集中在了她身上，而不是课本上。他常常想：如果能和她一起，或许能走进更广阔的世界。

那个时候，阿勇的生活已经不再是简单的劳作与疲惫，他有了一个明确的目标——去追求她。而他也用尽了毕生的努力去追求那个梦想中的女孩。她的每一个眼神、每一抹笑容都深深印在阿勇的心里，哪怕是最微小的举动，他都反复琢磨，是否能让她注意到自己。

终于，在一次不经意的谈话后，阿勇鼓起勇气向她表白了。后来他们在一起三年，他们时而讨论着未来，时而分享着心中的梦想。阿勇第一次觉得自己走进了一个完全不同的世界，不再是那个在工地上为了生计而拼搏的少年，而是一个有追求、有理想的人，仿佛整个人都焕发出新的光彩。

然而，三年后的那个冬天，她告诉他，她决定和他分手。她说，她要找一个学历相当的人结婚，而目前阿勇的学历和背景始终让她感到某种差距。阿勇听了，并没有愤怒或抗拒，他明白她的选择，也知道这个社会，很多时候，无法完全凭借感情去填补那道鸿沟。他默默地接受了这个事实，心里既有不甘，又有释然。

阿勇说自己还是太懦弱了。

（五）

其实阿勇不是懦弱，而是善良。

阿勇从来不是懦弱的人。相反，他的内心深处充满了温暖与善良。

他资助过一个小女孩，名叫圆圆。圆圆家境贫困，父母早早地把她留在家里做农活，不让她上学。阿勇从家里老人口中得知这个情况时，心里非常不忍。那时圆圆才 10 岁，满身泥土，脸上透着一股从小生活在困苦中的坚韧与倔强。他知道，虽然自己的家也不富裕，但要为这个小女孩做点什么。他决定每个学期给圆圆 800 块钱，帮助她继续上学。这 800 块钱对他来说并不算小数目，但他觉得自己能做的就是尽一份心力去改变圆圆未来的命运。

每学期阿勇都会亲自将生活费交给圆圆，鼓励她好好学习，把书本作为通向未来的钥匙。圆圆的成绩并不出众，但她努力读书，知道这不仅是自己的希望，也是阿勇的希望。在阿勇的资助下，圆圆顺利地读完了初中，阿勇内心感到无比的欣慰，仿佛自己为她播下的种子终于在土地里扎根，迎来了一丝生长的气息。

然而，现实常常比梦想更加残酷。在圆圆读完初中后，成绩并不理想，虽然她努力，但始终未能考上重点高中。初三那个暑假，圆圆的父母突然打电话给阿勇，说圆圆不去继续读书了。家里负担沉重，尤其圆圆的哥哥即将上高中，而家里没有足够的经济条件支持两个孩子继续上学。圆圆的父母决定让她留在家里帮忙干农活，或者去打工挣点钱，至于上学的事，他们觉得已经没有继续的可能了。

阿勇听到这个消息时，心情极其沉重。他深知，如果圆圆停学，就可能再也无法回到课堂了。尽管他知道这并不全是圆圆父母的错，但他还是感到一种无力感和挫败感。那一刻，他感觉自己辛辛苦苦种下的一棵树，结果未等它长成大树，就被无情地拔掉了根基。那种痛苦像自己的努力被世界无声地拒绝了。

他不甘心，决定去找圆圆初中的班主任，试图寻求解决办法。班主任是一个中年男人，脸上带着几分疲惫，语气中透露着无奈。他告诉阿勇，圆圆的父母已经下定决心，绝对不会再支持她继续读书了。即使阿勇继续一个学期资助她 800 块钱，也无法改变圆圆未来的命运，因为圆圆的父母并不认为让她上学有意义。相反，她去打工赚钱，帮助家庭减轻负担才是更实际的选择。

班主任的态度让阿勇感到一种巨大的打击。曾经他以为自己的努力能改变圆圆的未来，能让她看到更多希望。但现实像一把锋利的刀，将这些美好的梦想割得支离破碎。

圆圆并没有像那些新闻中的孩子一样，因一次次的资助而重新点燃希望。尽管阿勇的帮助为她提供了暂时的生活保障，但她的家庭依旧没有足够的条件去支撑她的梦想。

这就是生活的另一面——残酷、无情，但又不得不面对的现实。在这个现实的世界里，不是每一个受资助的孩子都能逆袭成才，不是每一份善意的帮助都能看到结果。有时候，即使有人愿意伸出援手，命运依然没有明显的转机。贫困、家庭环境、父母的观念、社会的结构往往在无形中左右着一个孩子的未来。

这并不是说阿勇的帮助毫无意义，他的支持在某种程度上缓解了圆圆的生活困境，给了她一些求学的机会。但现实的残酷在于并非每个孩子都能通过一份资助来改变命运，尤其在深陷贫困的家庭中，往往孩子的未来已经注定。资助只能提供一时的帮助，但仅凭一次次的资助和一个人的努力无法逆转社会的阶层壁垒。我们需要更多地反思如何从根本上打破这种恶性循环，提供一个更公平、更有机会的社会环境，这样才能真正地让每个孩子的未来不再由出生的贫富来决定。

（六）

此外，阿勇还特别地孝顺。每到周五，他都会准时开车从广州出发，驱车两个小时回到老家。他说：“父母老了，不知道还能见多少次，我能做的就是每周都回去看看。”这不仅仅是对父母的看望，更是一种情感的寄托和对过往岁月的怀念。他从来不会空手而归，每次都会在后备厢塞满食物，带回一些老人不舍得吃的东西。夏天，他会带回新鲜的荔枝，冬天则带回樱桃。每次回家，他都会从市场上挑选最新鲜、最精致的水果，尽量让父母尝到他们平日里无法尝到的滋味。

阿勇总是特别细心。每当他外出吃到什么特别好吃的东西，总是会想着带给父母。有一次，他在外面吃到一种红烧肉，觉得特别好吃，便连续回家都打包了几盒给父母尝尝。他深知，父母那个年代生活条件艰苦，对于他们来说，肉类是一种奢华到触及记忆深处的味道。阿勇想弥补父母年轻时的那些遗憾，弥补他们没能享受到的美好时光，哪怕从一个小小的食物开始。

他每次回家前，父母都会打电话确认他什么时候到，然后早早准备好饭菜等着他。有时他因为工作而太晚到达，天色已经黑了，父母就会提前把门口的灯打开，静静坐在门口等着。阿勇回到家的时候，总能看到那一盏暖黄的灯光投射在村头的路上，那是父母对他的期盼和不舍。

阿勇常说，和父母的见面是见一次少一次。岁月偷走了他们的青春，身体也渐渐老去。他知道，每一次回家都是一次珍贵的相聚，下一次可能是更遥远的相见。于是，他尽量抽出每个周末的时间陪伴父母，陪他们聊家常、吃饭、看电视。那些陪伴和温暖不仅是他对父母的回馈，也是他自己心底那份未曾消失的牵挂。

在这个日益忙碌、浮躁的社会里，许多人渐渐忽视了最基本的亲情和责任。然而，阿勇的行为却给我们上了一课：孝顺不一定是轰轰烈烈的壮举，往往是那种细微的、坚持不懈的日常关怀。他没有被繁重的工作和外界的诱惑所压垮，而是始终保持着对父母最原始的依赖和尊敬。每周的两小时车程是他与父母之间无法割舍的联系，每次带回去的食物正是他对父母青春岁月的一种补偿。

《论语》言：“孝，天之经也，地之义也，民之行也。”阿勇的孝无声地讲述着他对家庭的责任，也让我看到了孝道在现代社会中所承载的深远意义。

勇敢的希望

这个女孩的原名具有20世纪80年代的特点，她说不喜欢那个名字，这里姑且叫她希望。之所以叫她希望，并不只是因为她自己有着对生活的无限憧憬，更因为在她的生命里，无论多么困苦的日子，阳光总能透过乌云洒下来。而她总能微笑着面对。

希望出生在中部某省的一个小镇，家中有两个妹妹和一个弟弟。在她还小的时候，常常听到大人们讨论一个问题："希望是个男孩。"在她的大妹妹出生前，家里常常是这样期待，而当二妹妹出生时，这句话又再次被重复，直到弟弟出生时，老天似乎满足了所有期望，终于迎来一个男孩。

但在我的故事里，希望是个女孩，尽管她不是那份“期望”中的一部分，但她依旧充满了生命的力量。

（一）

今年希望23岁，在钟祥市区一家美甲店做美甲师。她长得并不算那种惊艳的美，然而，她的美却有着一种让人不自觉多看几眼的魔力。她的脸很小，皮肤白里透红，像刚绽开的桂花，带着一种温暖、清新的气息。她的五官柔和而立体，特别是她那双清澈的眼睛，闪烁着一种明亮的光。她的嘴角总是微微上扬，带着一种恰到好处的笑容，这笑容轻松而自然。

最特别的是她眉心的痣。那颗痣不大，却很显眼，有人曾笑着说它是“美人痣”，那也是她与生俱来的标志。每天希望都会扎着一条简洁的马尾辫，干净利落，显示出她活力十足的个性。她的马尾随着她的每一个动作而轻轻摇晃，仿佛在回应她内心的跃动。她穿着简单的工作服，干净、舒适，却又带着一点小小的俏皮。她的步伐总是轻快的，让周围的人不禁想多看她几眼，仿佛她的存在本身就能点亮一室的光。

第一次见到她时，给人一种特别亲切的感觉，像是已经认识她很久，但实际上只是刚刚相遇。她的微笑总是带着一种自然的温暖，让人不自觉地放下戒备，不由自主地想要更了解她，想要走进她的世界。

“我家在一个很小的村子，”她常常这样开始描述自己，“那里的人没有太大的梦想，大家都活得简单，不问未来。”每次她说这句话时，总会有那么一丝淡淡的失落飘过她的眼睛，虽然她依然笑着，眼神却远远地看向了某个地方，仿佛看到了那个遥远的过往。

她说，小时候，村里常常有一些妇女出去打工，然后再也没有回来。村里的人会低声议论，说她们是“跟人跑了”。小小的她听不懂这些话，直到长大后才明白这些女人走得何其匆忙。她也知道将来自己会选择离开，离开那个没有温暖的地方，离开那些只能消磨时间的日子。

她的父母早早地外出打工，像许多农村孩子一样，她和几个弟妹成了留守儿童，生活全由爷爷奶奶照顾。那些年，她学会了做饭，学会了照顾比自己更小的弟弟妹妹。最早的记忆里，她和奶奶一起坐在屋子里，寒冷的冬天里，两个人一起勾毛线拖鞋，她从奶奶的手中学会了这一门手艺。夏天，爷爷则带着她到村里最远的集市上去卖那些由她和奶奶一起做的竹筐、手工艺品。每次走向集市都是一个小时的路程，爷爷骑车也要半个多小时。那是她的童年，那时的她比同龄的孩子要坚韧很多。

希望记得最清楚的一次经历。那是一个特别冷的冬天，天灰蒙蒙的，空气凝结在她的呼吸中，仿佛整个世界都被冻住了。她和奶奶卖毛线拖鞋，走到集市上，一个男人给了她一张50元的假币。她不知道那是假的，当她试图找零时，才被摊主告知。那一刻，她不仅没赚到钱，反而倒贴了30多元。她有些愣在那里，心里的失落像冬日的寒风一样，刺得她无法呼吸，那是她第一次感受到欺骗的痛。

生活中也不全是冷酷的现实。她说，有一次，一个阿姨买了两双毛线拖鞋，转身走了之后又回来了，她以为要来退货呢，但是阿姨没有提退货的事情，而是悄悄塞给她一袋旧衣服，那是阿姨女儿的衣服，虽然衣服旧了，却依然是她从未拥有的奢侈。她带着这袋衣服回家，开心得蹦蹦跳跳，爷爷奶奶也开心得像得到了宝贵的礼物。奶奶握着她的手，说："这样就不需要再去买新衣服了，省下来的钱，咱们可以做点别的。"

（二）

希望毕业一个专科学校的电子商务专业，她自嘲道："电子商务就是毕业后到淘宝当客服，我没去当客服，我毕业后做过文员，那段时间工作很轻松，环境也不错，只是每天坐在办公室里，跟男领导和男同事打交道，心里总是没底。"忽然她的眼神变得有些飘忽，仿佛在回忆那段不再提起的岁月。她的嘴角微微上扬，笑得有些无奈。

我知道，她那种不安的感觉到底意味着什么。很快，她离开了文员的工作，去了一家烘焙坊给师傅打下手。那份工作也给了她某种安宁，只有面粉、蛋糕和温暖的烤箱的热气。“说实话，我挺喜欢那份工作的，闻着蛋糕和面包的味道，做的时候手指头沾着糖霜，心里就会觉得特别满足。”她的眼神有了些许温柔。

但生活又像与她开了个玩笑，由于经济原因，烘焙坊倒闭了。她笑了笑，眼角带着一丝苦涩：“说起来，我干倒了一家店也是一种战绩了。”她没有埋怨，反而像习惯了这样的波折，笑着把不幸当成生活的一部分。也许她早已习惯了这种看似命运的捉弄——像极了那些让人捉摸不透的风，一直在她的生活中吹拂。

之后，她来到了现在这家美甲店，这是一家特别雅致的美甲店，同时有手部护理的相关项目。最初，她和大多数新人的经历一样，成天忙着学习与观察，尽量不去给店里添麻烦。她说：“当时我的状态就像个小孩子，既兴奋，又忐忑。刚开始做美甲，我真的是手忙脚乱，每个动作都得小心翼翼，生怕弄疼了顾客。”她轻轻叹了口气，脸上似乎闪过一丝羞涩，但转瞬即逝，“不过，做了几次之后，就觉得很有成就感了，毕竟能做得越来越熟练，也能让顾客满意。”

希望有着过人的细腻与耐心，那种对技术的专注和对顾客的责任心让她的工作渐渐进入了正轨。她对每一位顾客的要求都格外精益求精，甚至自己做出来的手指甲有一丝瑕疵，她都会忍不住反复修正。虽然工作并不轻松，但她总能在其中找到自己的节奏。尤其当顾客满意地离开，交付她那一张张褒奖的笑脸时，希望知道自己正在做的是一件值得自豪的事。

两年过去了，她的技术不断提升，收入也越发稳定。“每个月基本工资加提成有 4000 多块钱，旺季能到 7000 多。总的来说，我很满意。”希望说这句话时，眼神有些闪烁，但她很快将注意力转向了别处。

（三）

关于爱情，希望曾告诉我，她谈过一个男朋友，那是一个大学生。每当她提到这段往事时，眼中总会闪过一丝光彩，仿佛那段时光对她而言是一段永远无法褪色的记忆。“他是大学生呢！”她说得特别自豪，似乎那份自豪不仅仅是因为对方的身份，更是因为那段属于年轻人、属于她的爱情曾让她心跳不已。她笑着说，他们做过很多浪漫的事，最喜欢的就是一起去大学的操场躺着看天空，那时候天空总是特别蓝，仿佛一切都可以放慢脚步，一切都不再那么重要。她讲述的语气里满是温暖，那是她内心深处最柔软的部分，在回忆起这些瞬间时，她甚至能从中感受到一种久违的甜美。

然而，当她再次回忆那段爱情时，眼神不自觉地暗淡下来。她轻轻叹了口气，我仿佛从这种沉默中读出了她曾经的失落。后来那个大学生喜欢上了他的大学同学，而她则被遗忘在了这段感情背后。“算了吧，这没什么怨恨的。真正的爱情就是唯愿对方好。”这一句话没有一丝多余的修饰，却包含了她对爱情最深的理解和最深的情感。

我愣住了，突然想起尼采说过，爱是一种给予，爱使我们超越自我。也许这正是希望所理解的爱。不沉溺于个人的得失，而是看得更为开阔，学会放手，学会成全。

当话题转到婚姻和生孩子时，希望说自己从未认真考虑过结婚。“婚姻不过是对女性的‘奴役’。”她轻描淡写地说，声音里既没有愤怒，也没有偏见，只有一种难以言喻的冷静。这句话让我有些愣住了，感觉她的眼神像穿越了几十年，透过了那层现实的迷雾，触及到了婚姻背后那沉重的历史烙印。“婚姻？”她顿了顿，“如果遇到真爱，那就可以结婚。”她的语气柔和，却带着一丝坚决。我能感受到她心中那种真实而理性的坚持，仿佛她对爱情有着一种独特的理解——只有在真爱面前，婚姻才是值得的，它不再是束缚，而是一种双方的自由和选择。

（四）

希望有着一个简单却坚实的梦想，那个梦想并不复杂，她不像那些常常喋喋不休的年轻人，总是胸怀壮丽的理想，幻想要改变世界，做出一番惊天动地的大事。她的梦想非常实在，甚至可以说质朴得过于真实——她想存够 100 万，再去四处旅行。她希望能去云南、新疆、西藏，去那些大家常说的、充满神秘感的地方，想看看雪山、草原和沙漠，看那些自己只能在电视里欣赏的辽阔与壮丽。她说，这不是逃避生活，而是去感受世界另一种宽广的方式。

她谈起这些的时候，眼睛里闪烁着某种坚毅的光，那不是简单的渴望，而是一种决心，深深地刻在了她心底。她的笑容没有任何做作，甚至带着一点羞涩。

其实，人生最简单的快乐就是能自由地去到想去的地方，走一走，看看那些未知的风景，不用为了工作、生活而四处奔波。

她的梦想并非改变世界，而是享受自己生活中的美好。而她所渴望的那份美好也并非浮华的成功，而是脚下每一寸土地上的自由。她说唯一一次旅游是老板年终奖励的机会，她去过江西上饶的葛仙山。她说，那里的美让人目不暇接，山峦起伏，云雾缭绕，阳光透过树梢洒在青苔上，仿佛置身一幅活生生的画卷。她的声音里透露出的是对那次旅行的深刻感动，那种难以言表的感觉仿佛能净化灵魂，让人重新感知生活的纯粹。“有钱人天天都能旅游，真的很开心。”她轻描淡写地说，语气里却透露着一丝对自由生活的渴望。她并不觉得有钱与快乐直接相关，但她知道旅游的快乐是那种放下所有负担，完全沉浸在当下的自由感。她的内心深处藏着一种对未来生活方式的向往，那种向往让她即使在现阶段的平凡中，依旧能感受到前进的动力。

每天在美甲店忙碌，剪指甲、做护理、画图案，似乎是她日复一日的工作，然而她的精神世界并不像外人想象的那么简单。她不只是那个每天对着五彩的指甲油、五花八门的美甲工具的普通女孩。她爱看电影，喜欢泡在咖啡馆里坐上一下午，戴着耳机看电影，是的，她不是去电影院看，而是用手机看。谁说美甲师只能为别人修饰指甲？谁说她只能在指甲油的世界里沉沦？她可以遨游到任何一个故事里。

自由并不意味着做任何事，而是选择自己生活的方式。或许她的选择并不起眼，但她的自由正是在这些简单的愿望中找到了最真实的存在。

（五）

希望有一手绝活，那就是做各种甜品和糕点。她把这些东西做得极其巧妙，每一块蛋糕、每一份甜点都仿佛是她用心灵和双手做出来的艺术品。那种细腻的手工技艺早在她小时候就开始了。在烘焙坊工作的时候，每天她都会在厨房里待上几个小时，搅拌面团、调配糖浆，空气里弥漫着奶油和香草的气味，烤箱的温度渐渐升高，窗外的阳光透过小窗户洒进来，照亮她忙碌的背影。

她对这项技能充满了自信。每当提起这些甜品时，她眼睛里便有了光，她说，能吃到自己亲手制作的美味仿佛自己也被一种幸福包围。她说自己在那个烘焙坊里学到了很多知识，不仅仅是如何做出完美的蛋糕和面包，更学会了如何在有限的时间里，调动所有的耐心与专注力，把最普通的食材变成最不普通的美味。

“我一直觉得做甜品就像做一个梦想。”她曾这样对我说，“每一步、每一份材料都像生命中的一部分，既可能是失败的，也可能是成功的，但重要的是最终把它们变成了一个完整的故事。”

她有着这种难得的天赋和技巧，我建议她开个店。她说害怕失败，怕开店后会倒闭。那种担心从她的话语中清晰可见，她是一个踏实的人，一直以来不太敢冒险。毕竟开店需要的不仅仅是技术，还有一份能够承受风险的勇气。而她总觉得自己没有那么大的勇气去面对那样的未知。

于是，我建议她试试一种比较轻松的方式：每天做二十个面包，在商场大楼楼下举个牌子，写上“自制手工面包，预订加微信”，用最简单的方式开始。这既不需要太大的投资，也不需要面对一堆琐碎的经营难题，只需要她把自己的手艺和热情传递出去。她听了，嘴角微微一动，仿佛觉得这个主意并不那么难以实现。一周后，她兴奋地告诉我：“每天我都能把二十个面包卖出去，真的有点意外！而且大家会在微信上预订，感觉像做了一个很成功的小生意。”她的眼里带着自信，那种难得的成就感就像一朵盛开的花，散发着独特的光彩。她没有预料到这样一个简单的开始竟然能让她体验到如此直接的满足感。那些面包是她付出了辛勤的劳动和创意的结晶，而每一个顾客的微笑都是对她努力的认可。

“我没有想到，原来有时候最简单的事反而最能带给人满足感。”她笑着说，眼睛里带着那种特有的光，仿佛她的人生又迎来了一道新的曙光。

或许人生的确如此，很多时候，我们总是因为害怕失败而不敢迈出第一步，但一旦迈出了那一步，世界便展现给了我们无限的可能性。希望并不再是那个只会在烘焙坊里做糕点的女孩，她已经开始用她自己的双手开辟另一片属于她的小天地。她的梦想正在一点一点地变得触手可及。而这才是她真正的勇气，勇气不在于做出惊天动地的决定，而在于敢于做出改变自己命运的第一步。

（六）

那是一个寒冷的冬夜，空气里透着刺骨的冷。街道上空无一人，偶尔能听见远处传来的车轮声和偶尔走过的行人的脚步声。希望穿着一件厚厚的外套，低着头，缩着肩膀，努力让自己走得快一点。今天的工作结束后，她心里想着回家吃点泡面，冲个热水澡，然后窝在床上发发朋友圈，打发掉这一天的疲惫。

走到离家不远的小巷口时，忽然她听见了争执声，起初只是微弱的，像是从远处传来的，但很快变得清晰起来。她停住了脚步，心里有种不安的感觉，像是有什么事发生了。声音越来越大，里面夹杂着一个女人急促的喊叫声："放开我！你放开我！"

希望的心跳一下加速，身体下意识地动了起来。她望向声音的来源，看到一个男人死死拉住一个女人的胳膊，女人拼命挣扎，面部表情扭曲，眼睛中满是恐惧。希望能感受到那种绝望和无助，那一瞬间，她的脚步停了下来，脑海里一片空白。她没有时间去多想，身体的反应比她的思绪来得更快。她看见了那个男人的粗暴，听见了女人的哭喊，意识到自己不能袖手旁观。

她环顾四周，附近空无一人，只有街角那盏昏黄的路灯在摇晃。她看到不远处有一块大石头，手脚几乎本能地移动过去，捡起了那块石头。她的手有些颤抖，但她没有停下来，她握紧了石头，心跳得很快，额头上开始渗出细汗。

她不敢再想，心中只有一个念头：不能让这个女人继续被那个男人伤害。她几乎没有任何犹豫，将手中的石头猛地朝男人砸了过去。石头击中了他，男人发出一声痛苦的低吼，立刻松开了女人，跌倒在地。希望知道刚刚自己做了什么，但她没有时间去思考后果，只是迅速拉住那个女人的手，往附近的便利店跑。

她的心跳越来越快，脚下的步伐也有些不稳。她听到自己喘息的声音，紧张而急促。她和那个女人跑进了便利店，店里温暖的空气让她稍稍放松了一些，但心依旧悬着。她偷偷看向门外，生怕那个男人会追过来。她的手心有些出汗，尽管知道自己做的是对的，依然不由得开始担心起后果。如果那个男人找上门来怎么办？幸运的是，那个男人没有追过来。希望在便利店里待了好一会儿，直到确认安全后才敢松口气。她看着那个刚才被她拉进来的女人，显然她还没从惊吓中缓过来，眼里充满了恐惧和感激，低声说了句："谢谢你。"

希望点点头，轻声说道："没事。"她没再多说什么。那时，她心里没有太多的情感波动，更多的是一种冷静和解脱——她做了自己能做的。

真是勇敢的希望！

这个世界上有千千万万像希望一样的人，他们的名字不被记住，他们的故事没有轰轰烈烈的高潮，但每一天他们都在默默地散发着光和热，希望不过是其中的一个缩影。她不曾做过什么惊天动地的大事，只是通过自己的微小行动去温暖别人、去为自己争取一个更好的生活。

后 记

我常常游离于这个世界之外，喜欢坐在户外发呆，看着穿梭而过的外卖骑手、低头修剪绿化盆栽的女工、骑电动车接送孩子的母亲、街边卖甘蔗卖橘子的商贩、清扫街道的环卫工。那些匆忙而无声的身影交织成了一幅普通却真实的生活画面。我喜欢观察，喜欢在这些寻常的人生片段里放空自己，感受那些无声的努力和坚持。

有时，我会与路边的老人聊几句。我寻访过许多90岁以上的老人，和他们对话时，我常常会感到一种莫名的平静。每当听他们讲述往事时，眼前的世界仿佛变得简单起来，心中那种压抑已久的焦虑和不安渐渐消退。这些老人经历过人生的风风雨雨，他们在时光中走过的每一步都让我感受到生命的坚韧与温柔。那一刻，我会告诉自己，原谅并接受自己是一个懦弱的、无知的、不快乐的人。

我听了很多故事，常常在想，人这一生到底为了什么而活着呢？是为了金钱、荣誉还是地位？我想了很长时间，最后我明白了，人的一生真正值得追求的是为了自己想做的事、想成为的人而活着。

金钱、荣誉、地位、被爱，这些都是欲望，它们让我们不断追逐，却也让我们忘记了最初的初心。相反，想做的事、想成为的人才能让我们获得持续的价值感。目前，记录这些普通人的生活就是我最想做的事。帮助那些即将离去的老人留下记忆，让他们的故事有机会被讲述，这是目前我的“意义感”，是能让我产生多巴胺的事情。我相信，时间是最无情的东西，然而，记忆却是对抗遗忘的唯一力量。如果这些故事能带给人们思考和触动，那我便心满意足。

写这些故事不只是为了讲述他们的苦与乐，更多的是因为他们也是我们。他们有悲伤，我们也有悲伤；他们有喜悦，我们也有喜悦。唯一不同的可能只是悲的深度与喜的高低。这些普通人的生活没有那么多色彩斑斓的章节，更多的是日复一日的努力和坚守。他们在悲与喜之间默默地为自己的未来而奋斗。有些人为理想而奋斗，有些人为自由而奋斗，而更多的人或许仅仅为了生存、为了生活，才日复一日地坚持。我们能从他们的身上看到真正的“人间味”，那是一种从艰难中磨砺出来的韧性和真实。也许他们不伟大，但他们的故事真实地反映了生命的本质。

如果要问我写了那么多人的人生轨迹，采访了那么多老人，有什么感悟？那就是不要留遗憾。遗憾就像一处未曾愈合的伤口，随着岁月的流逝，它会悄然侵蚀你的心，直到生命的最后一刻，它依然会在你心中打上深深的烙印。所以，去做想做的事，去想去的地方，过自己想要的生活。

敬平凡，敬每一个为生活而努力的灵魂。

愿你，被温柔以待。

愿你，拥有最澎湃的生命，继续耀眼。

而我，将远远观望、守候。